PER NILSSON, 1954 in Malmö/Schweden geboren. Gymnasiallehrer für Mathematik und Musik. Autor zahlreicher Kinder- und Jugendbücher sowie einer Familienserie im schwedischen Fernsehen. Gewann mit seinem Buch »So lonely« den ersten Preis in einem schwedischen Wettbewerb und wurde mit dem Deutschen Jugendliteraturpreis ausgezeichnet.

PER NILSSON

So lonely

Deutsch von Birgitta Kicherer

Verlag Friedrich Oetinger · Hamburg

© Verlag Friedrich Oetinger, Hamburg 1996
Alle Rechte für die deutschsprachige Ausgabe vorbehalten
© Per Nilsson 1992
Die schwedische Originalausgabe erschien bei
Rabén & Sjögren Bokförlag, Stockholm,
unter dem Titel »Hjärtans fröjd«
Deutsch von Birgitta Kicherer
Einband von Andrea Hebrock
Satz: Utesch Satztechnik GmbH, Hamburg
Druck und Bindung: Ebner Ulm
Printed in Germany 1997

ISBN 3-7891-4308-1

Inhalt

Was du gesehen und gehört hättest (1) 7
   Dritte Person Sing. mask. 9
Vor Herztrost 12
   Eine Buskarte 14
Herztrost im Bus 16
   Eine Ansichtskarte 20
Herztrost bekommt einen Namen 22
   Eine deutsche Grammatik 27
Ein Anruf bei Herztrost 29
   Eine Topfpflanze 36
Ein Duft von Herztrost 38
   Eine Seite aus einem Liederbuch 43
Komm Herztrost mein 45
   Eine Schallplatte 49
Herztrost reicht ihm den Apfel 51
   Eine leere Plastikschachtel 57
Herztrost-Reliquien 58
   Eine Packung Kondome 61
Vorbereitungen für Herztrost 63
   Ein Laken 68
Oh, Herztrost, oh 70
   Eine zerrissene amerikanische Fahne 84
Die Briefe an Herztrost 86
   Ein schwarzes Notizbuch 98
Herztrost jenseits des Atlantiks 102
   Ein Paket mit gekräuseltem Geschenkband 104

Herztrost und er und er 106
   Eine Kinokarte 119
Ehem. Herztrost 121
   Eine Rasierklinge und eine Dose Tabletten 130
Das Leben nach Herztrost 133
   Ein Telefon 140
Ann-Katrin, ehemals Herztrost, dringt ein 142
   Eine Samentüte 151
Herztro … 153
   Erste Person Sing. Und Plur. 157
Was du gesehen und gehört hättest (2) 158

Was du gesehen und gehört hättest (1)

Das Haus ist ein ganz normales Mietshaus mit drei Stockwerken und vier Eingängen.
Das Haus hat die Nummer Sieben, und die vier Eingänge heißen A, B, C und D. Das Haus steht am Rand einer Stadt in Schweden. Ringsum stehen andere, ähnliche Häuser. Etwas weiter weg, jenseits des Marktplatzes, gibt es höhere Häuser. Wenn du nun aus irgendeinem Grund an diesem Samstag zwischen neun Uhr abends und ein Uhr nachts vor dem Hauseingang A gestanden hättest, was hättest du dann gesehen und gehört?

1. Niemand verließ das Haus durch Eingang A.
2. Niemand betrat das Haus durch Eingang A.
3. Von einem Balkon im zweiten Stock warf jemand folgendes herunter:
   a) einen Blumentopf
   b) eine große schwarze Frisbeescheibe
   c) ein Armeemesser.
4. Vom selben Balkon schickte jemand
   d) fünf helle längliche Ballons los.
5. Nur in einer einzigen Wohnung (im zweiten Stock) war um ein Uhr nachts noch Licht.

Und wenn du ins Treppenhaus A hineingegangen wärst, was hättest du während derselben Zeit gesehen und gehört?

1. Jemand benützte mehrmals hintereinander den Müllschlucker.
2. Jemand ging mit einem Bettlaken in den Keller und kam gleich darauf ohne Bettlaken zurück.
3. Jemand ging von einer Wohnung im zweiten Stock in den dritten Stock hinauf und klingelte dort an einer Wohnungstür, lief dann aber weg, bevor die Tür geöffnet wurde.

Das alles hättest du gesehen und gehört.

Das war alles, was in dieser Zeit passierte.

Übrigens, eine Sache noch!

Punkt ein Uhr ...

Dritte Person Sing. mask.

Ein Junge, oder ein junger Mann, sitzt allein in seinem Zimmer in einer Wohnung im zweiten Stock eines dreistöckigen Hauses. Es ist ein Samstagabend im August. Ein Vollmondabend.
Er hat gelogen, um an diesem Abend allein zu Hause bleiben zu können. Er hat seine Mutter angelogen. Er hat gesagt:
»Nein, ich bleib übers Wochenende hier. Ich komm nicht mit. Bin mit Henka verabredet. Wir gehen in eine Disco ... eine Disco, die neu eröffnet wird ...«
Das stimmte nicht.
Seit die Sommerferien angefangen haben, hat er nicht mehr mit Henka gesprochen. Er wollte ganz einfach allein sein an diesem Abend. Er mußte allein sein. Es war unbedingt nötig, daß er an diesem Samstagabend allein sein durfte, am letzten Samstagabend des Sommers.
Und Mama glaubte ihm und fuhr mit Krister und Hanna zum Wochenendhaus.
»Auf Wiedersehen am Sonntag ...«
Vielleicht, dachte er.

Jetzt sitzt der Junge, oder der junge Mann, an seinem Schreibtisch und legt mehrere Sachen vor sich hin. Es sieht aus, als würde er die Sachen ordnen oder sortieren.
Als er damit fertig ist, lehnt er sich zurück und schaut auf die Uhr. Fünf vor neun. Er nickt und läßt den Blick über die

Sachen wandern, die dichtgedrängt auf dem Schreibtisch liegen. Von links nach rechts hat er aufgereiht:

> eine Buskarte
> eine Ansichtskarte
> eine deutsche Grammatik
> eine Topfpflanze
> eine Samentüte
> eine Seite aus einem Liederbuch
> eine Schallplatte
> eine leere Plastikschachtel
> eine Packung Kondome
> ein zusammengerolltes Laken
> eine zerrissene amerikanische Fahne
> ein schwarzes Notizbuch
> ein Paket, das mit gekräuseltem Geschenkband verschnürt ist
> eine Kinokarte
> eine Rasierklinge und eine Dose mit blauen Tabletten.

Alles muß verschwinden, denkt er. Im Bücherregal rechts vom Schreibtisch steht ein Telefon, dem er einen fast unmerklichen Blick zuwirft, bevor er zum Fenster hinüberschaut.
Draußen dämmert es bereits, und er kann sein Gesicht in der Fensterscheibe sehen. Regungslos wie eine Statue sitzt er da und betrachtet das Spiegelbild eines blassen, ernsten Jungen oder jungen Mannes.
Ein Junge oder ein junger Mann?
Wie soll ich ihn nennen?
Er wohnt bei seiner Mutter und seinem Probevater Krister, er hat ein Dach überm Kopf, er hat jeden Tag etwas zu essen

und bei Bedarf auch etwas anzuziehen. Und Geld hat er auch, wenn auch nicht viel. Er geht in die Schule. Er braucht weder Verantwortung zu tragen noch sich Sorgen zu machen. Er braucht sich nicht zu rasieren. Wahrscheinlich ist er ein Junge.
Aber:
Er hat eine Stimme wie ein Mann, und sein Körper ist behaart. (Allerdings nicht auf der Brust, das nicht.) Er ist groß wie ein Erwachsener. Er weiß genausoviel wie die meisten Erwachsenen. Und mehr als manche von ihnen. Er könnte schon auf eigenen Beinen stehen.
Und er hat geliebt.
Vielleicht ist er ein Mann. Ein junger Mann.

Wie soll ich ihn nennen?
Ich nenne ihn: Er.
Dritte Person Singular maskulinum.
Er.

Vor Herztrost

Vor Herztrost war ich ein Junge, denkt er.
Vor Herztrost war ich ein Kind.
Ich war ein vernünftiges Kind, das glaubte, für alles gäbe es vernünftige Erklärungen, denkt er.
Und außerdem glaubte ich, daß es gewisse Menschen gibt, die verstehen, wie alles zusammenhängt, die klarsehen, die etwas abseits stehen und alles durchschauen, denkt er. Daß es Menschen gibt, die sich nichts vormachen lassen, die ... die sich beherrschen, die ... Ich glaubte, ich sei so ein Mensch, denkt er.
Aber das war vor Herztrost.

Jetzt schaut er wieder auf die Uhr. Jetzt sieht er, daß es neun ist. Zeit, anzufangen.
Er holt tief Luft.
Jetzt. Jetzt kann die Vorstellung beginnen. Die letzte Vorstellung.

       HERZTROST
          Drehbuch & Regie: Er selbst
(Oder vielleicht sie ... denkt er.)
          In der Hauptrolle: Er selbst
(Oder vielleicht sie ... denkt er.)
             Frei ab 15 Jahre

Irgendwelche Werbefilme?
Nein, keine Werbefilme vor Herztrost.

Eine Buskarte

Ganz außen links, als erstes in der langen Reihe von Gegenständen auf dem Schreibtisch, liegt eine Buskarte.
Er nimmt sie in die Hand, hält sie vor sich hoch, starrt sie an: eine ganz normale Buskarte.
Wer weiter als fünf Kilometer von der Schule entfernt wohnt, kriegt eine Buskarte. Und weil alle Gymnasien in der Stadt liegen und fast alle Leute außerhalb der Stadt wohnen, brauchen fast alle Schüler eine Buskarte, um zur Schule zu kommen.
Wer seine Buskarte verliert, muß fünfzig Kronen für eine neue bezahlen. Wer auch die neue Karte verliert, muß sechshundert Kronen berappen.
Er hat seine Karte noch kein einziges Mal verloren.
Seit dem Schulanfang im August vor fast genau einem Jahr bis zum Ferienbeginn jetzt im Juni hat er sie immer in der Brieftasche gehabt. Jeden Schultag ist er fünfunddreißig Minuten Bus gefahren, um zur Schule zu kommen, und vierzig Minuten, um nach Hause zu kommen. Umsteigen am Marktplatz.
Die erste Woche im Herbst waren die Busfahrten unendlich lang und anstrengend, dann gewöhnte er sich daran, und dann, ja, dann kam eine Zeit im Frühjahr, in der ihm die Busfahrten viel zu kurz erschienen, in der sie viel zu schnell endeten, eine Zeit, in der er gern stundenlange Busfahrten auf sich genommen hätte.

Ja. So ist es gewesen.
Im Bus hat es angefangen.
Er seufzt und zerreißt die Buskarte in zwei Teile. Und dann in vier Teile. In acht Teile. Sechzehn. Zweiunddreißig. Als sie nur noch aus vierundsechzig sehr kleinen gelben Papierschnitzeln besteht, sammelt er sie in der Handfläche und geht zur Toilette.
Nachdem er sie runtergespült hat, sieht er, daß ein einziger Papierschnipsel an die Innenseite der Toilettenschüssel hinaufgehüpft und so dem Tod durch Ertrinken entronnen ist.
Er schiebt den Schnipsel mit der Klobürste hinunter und spült noch einmal.
So! denkt er und will sich schon in sein Zimmer zurückbegeben, als er sieht, daß der gelbe Papierschnipsel auch diesmal überlebt hat und jetzt im Wasser im Kreis herumschwimmt.
Er brummt etwas vor sich hin, während er sich bückt und den Schnipsel aufliest. Dann rollt er ihn zu einem kleinen feuchten Ball zusammen, geht hinaus ins Treppenhaus und an den Müllschlucker. Er öffnet die Klappe und schnippt das Papierbällchen mit dem Zeigefinger vom Daumen in den Müllschlucker hinunter.
»So!«
Komisch, daß es so schwierig ist, eine Buskarte umzubringen, denkt er, als er in die Wohnung zurückgeht.
Zurück in sein Zimmer und zurück an seinen Schreibtisch.
Im Bücherregal steht das stumme Telefon.

Herztrost im Bus

> Sie kam aus dem Nebel
> Ihr rotes Haar
> erhellte meinen Morgen
> erhellte mein Leben

Diese Zeilen hatte er in sein schwarzes Buch geschrieben, aber entsprachen sie auch der Wirklichkeit? War es an jenem Morgen tatsächlich neblig gewesen?
Hatte er ihre roten Haare tatsächlich bereits gesehen, als der Bus sich langsam der Haltestelle näherte?
Konnte er sich überhaupt an das erste Mal erinnern? Hatte er sie vielleicht schon oft im Bus gesehen, ohne sie zu bemerken? War sie vielleicht schon den ganzen Herbst, seit Schuljahresbeginn, mit dem Bus gefahren?
Sein Kino-im-Kopf hatte sämtliche Szenen dieses Films so oft abspulen lassen, daß er nicht mehr wußte, was wirkliche Erinnerungsbilder waren.
Soeben hatte die letzte Wiederholung angefangen, danach würde der Film nie mehr gezeigt werden.
So war es gewesen, entschied er. Genau so war es gewesen.
An einem nebligen Morgen Anfang September saß er wie immer ganz hinten im Bus unterwegs zur Schule.
Schon als der Bus langsam auf jene besondere Haltestelle zufuhr, entdeckte er etwas Rotes, etwas Rotes, das sonst nie da gewesen war, und als das rothaarige Mädchen mit der

moosgrünen Jacke eingestiegen war, hatte er das Gefühl, als würde sie den ganzen Bus erhellen.
Ja, so war es gewesen, als er sie zum ersten Mal gesehen hatte. Hatte er schon damals gewußt, daß sie Herztrost war? Vielleicht hatte er es gewußt. Auf jeden Fall starrte und spähte er während der ganzen Fahrt nach vorn, in der Hoffnung, einen Blick auf sie werfen zu können, auf die Rothaarige, die weit vorne im vollgestopften Bus stand, und als er am Marktplatz ausgestiegen war, stürzte er am Bus entlang, um sie noch von draußen sehen zu können, bevor der Bus weiterfuhr.

Von jenem Morgen an war er von Sehnsucht erfüllt. Von einer Sehnsucht, die er zuvor nie gekannt hatte und die kein anderes Ziel hatte, als daß sie, das Mädchen mit den roten Haaren, im Bus sein sollte, wenn er in die Schule fuhr.
Bald kam er dahinter, daß sie jeden Montag-, Dienstag- und Donnerstagmorgen mit demselben Bus fuhr wie er.
Auf dem Heimweg sah er sie nie. Er wußte nicht, wohin sie fuhr, er wußte nicht, was sie tagsüber machte, er wußte nicht, wer sie war, wie sie hieß, wo sie wohnte. Er wußte nur, daß sie ihn mit Sehnsucht erfüllte.
Die Wochenenden waren plötzlich viel zu lang.
Mittwoch und Freitag waren schlechte Tage. Montag, Dienstag und Donnerstag waren natürlich gute Tage, aber nicht gut genug. Er wollte das Mädchen öfter sehen. Er wollte sie besser sehen.
Also begann jetzt sein langsames Vorrücken im Bus. Im Laufe der Winterwochen bewegte er sich allmählich von seinem Platz im hintersten Teil des Busses nach vorn, ein Sitz pro Woche.
Mitte Februar war er vorne angekommen. Er saß jetzt

schräg hinterm Fahrer, auf dem Sitz neben dem Mittelgang, und manchmal stand das Mädchen mit den roten Haaren direkt neben ihm, so nahe, daß ihre Beine die seinen berührten, wenn der Bus sich in die Kurven legte. Doch auch das war nicht gut, jetzt saß er nämlich so nah, daß er sie nicht anzuschauen wagte.

Also begann sein langsames Nach-hinten-Rücken. Ende März hatte er den perfekten Platz gefunden: weit genug entfernt, um sie mustern zu können, ohne daß sie es bemerkte, und nah genug, um ihre braunen Augen sehen zu können.

Rote Haare, braune Augen und moosgrüne Jacke.

Rot, braun und grün war die Fahne in seinem Traumreich.

Und jeden Montag, Dienstag und Donnerstag tauchte sie in der Wirklichkeit auf und erhellte seinen Morgen und sein Leben.

Dann kam ein Mittwoch.

Die beiden ersten Englischstunden waren ausgefallen, daher fuhr er erst um halb zehn in die Schule.

Der Bus war fast leer.

Es war ja Mittwoch, daher war er völlig unvorbereitet und entdeckte sie erst, als sie schon im Bus war und direkt auf ihn zukam.

Lieber Gott, wenn es dich gibt, mach, daß sie sich neben mich setzt, dachte er. Lieber Gott, laß sie ... nein, lieber nicht, nein, ich nehme es zurück. Nein, nicht neben mich, nein, nein ...

Sie setzte sich schräg vor ihn hin.

Er atmete auf und begann ihr Haar anzustarren, ihren Nakken, ihr Ohr. Nur zwanzig, dreißig Zentimeter von ihm entfernt. Ihr Ohr. Sein Herz wurde von ... Zärtlichkeit erfüllt, von einer Zärtlichkeit, die fast wehmütig gefärbt war. Ihr Ohr sah so schutzlos aus, klein und einsam und mit kleinen

weichen Falten. Nacken und Rücken gehörten einer stolzen jungen Frau, das Ohr jedoch war das Ohr eines kleinen Mädchens.
Er saß da und starrte ihr Ohr an, bis sie plötzlich an einer Haltestelle aufstand und ausstieg.
Verwirrt sah er sich um. Den Marktplatz hatte er verpaßt, er war durch die halbe Stadt gefahren, er würde eine halbe Stunde zu spät in die Mathestunde kommen, und Herr Knutsson würde ihn sauer anstarren und ihm zwei Seiten Strafarbeit aufbrummen.
Aber das war es wert.

Bevor er ausstieg, roch er es: in dem leeren Bus hing ein schwacher Duft nach Zitrone.

Eine Ansichtskarte

Er nimmt eine blaßgelbe Ansichtskarte vom Schreibtisch. Auf der Vorderseite der Karte sind ein Katzenkopf und ein Mädchen mit katzenähnlichem Gesicht abgebildet, darunter steht ein kurzer Text:

»DIE KATZE ist von Natur aus weich, geschmeidig, kokett und falsch; mit seidenweichen Pfoten lockt sie zu Liebkosungen, vergilt diese aber, indem sie die kosende Hand verletzt.«
Frei nach Sophus Schacks *Physiognomische Studien*, 1880

Auf der Rückseite der Karte steht hastig hingekritzelt:

Hab diese Karte gesehen.
Mußte an Dich denken.
Verstehst Du, warum?
Björn

Und ihr Name und ihre Adresse.
Die Briefmarke ist in Göteborg abgestempelt.
Er holt ein Feuerzeug aus der Schreibtischschublade, zündet die eine Ecke der Karte an, läßt die Karte brennen und verkohlen und wirft sie erst von sich, als die Flammen seine Finger zu lecken beginnen.

»Au!«
Er sammelt die Asche ein, die zurückgeblieben ist, und pustet sie zum Fenster hinaus.
»Hier stinkt's nach Katze«, brummt er vor sich hin und macht das Fenster noch weiter auf. »Hier stinkt's nach verbrannter Katze.«
Das Telefon steht im Bücherregal und schweigt.

Herztrost bekommt einen Namen

Wenn das Wörtchen Wenn nicht gewesen wäre ...
Wäre dann alles trotzdem passiert, nur auf andere Art? Oder wäre überhaupt nichts passiert?
Wenn er und Henka eines Tages im April nach der Schule nicht nebeneinander im Bus gesessen hätten.
Wenn sie nicht zufällig auf dem Heimweg aus der Stadt zum ersten Mal denselben Bus benützt hätte.
Wenn sie nicht zufällig direkt vor ihnen Platz genommen hätte, nah genug, um zu hören.
Wenn Henka nicht angefangen hätte, über sein Spezialinteresse zu diskutieren.
Wenn Henka nicht behauptet hätte, daß Donald Duck der größte und interessanteste Comic-Held aller Zeiten sei.
Wenn er selbst dann nicht, um Henka zu ärgern, gesagt hätte:
»Von wegen Donald Duck. Diese bescheuerte Ente. Hast du noch nie Fix und Foxi gelesen? Foxi ist eindeutig der Größte!«
»Wer?« Henka riß empört die Augen auf.
»FOXI!«
Wenn nicht, wenn nicht, wenn ...
Nun führt aber alles zu dem Wort FOXI, und in diesem Augenblick fing alles an, genau in dem Moment, als er FOXI sagte und sie sich umdrehte und ihm voll ins Gesicht schaute:

»Ja?«
Mit einem fragenden Lächeln.
Er starrte mit dämlichem Gesicht zurück.
»Oh, entschuldige«, sagte sie, als sie sein Erstaunen sah, »ich hab geglaubt ... Man nennt mich oft ...«
Verzweifelt versuchte er, seine Gesichtszüge zu ordnen, er wollte ihr Lächeln spiegeln, ihre braunen Augen – aber er brachte nur eine steife, angespannte Grimasse zustande, bevor sie sich wieder nach vorn umdrehte.
Ich hasse mich, dachte er. Daß ich immer ... Daß ich nie ... Ich hasse mich. Jetzt, wo ich die Chance gehabt habe, habe ich sie nicht gepackt. Jeder andere hätte das getan, einfach jeder, nicht mal Henka hätte das vermasselt, jetzt kriege ich nie mehr eine Chance, mit ihr zu sprechen, dachte er, und vor Wut traten ihm Tränen in die Augen.
»Foxi? Du willst mich wohl verarschen? Seit Carl Barks ... Was ist überhaupt mit dir los? Wohin starrst du?«
Er drehte sich zu Henka um.
Henka hatte er ganz vergessen.
Er wollte Henka los sein. Samt Donald und Foxi.
Als Henka sich verabschiedete und ausstieg, war er erleichtert.

Und jetzt?
Sollte er zu ihr nach vorn gehen? Was sollte er dann sagen?
Warum hatte sie sich umgedreht?
Seine Gedanken drehten sich im Kreis, und der Bus war nur zwei Haltestellen von ihrer Haltestelle entfernt.
Er entschied sich.
It's now or never, dachte er.
A man's got to do what a man's got to do. Er stand auf und wäre fast mit ihr zusammengestoßen, sie war nämlich zu

seinem Platz hergekommen, ohne daß er es gemerkt hatte.
»Oh ...«
»Ich hab vorhin geglaubt, daß du mich meinst«, erklärte sie lächelnd.
»Wieso?«
Er kapierte null.
»Ich hab geglaubt, daß du mich meinst«, wiederholte sie, immer noch lächelnd, »als du Foxi gerufen hast.«
»Foxi?« stotterte er und begriff noch weniger. »War ... warum sollte ich dich Foxi nennen? Das würd ich doch nie tun ...«
»Nicht?« Sie lächelte immer noch. »Warum nicht?«
Nein, jetzt kapierte er tatsächlich gar nichts mehr. Warum stand sie hier dicht vor ihm in einem schwankenden Bus, sie, die Rothaarige, mit der er nie gesprochen, die er aber viele Monate lang angepeilt hatte, die Sehnsucht seines Herzens, das Licht seines Lebens, warum stand sie hier vor ihm und redete über Comics?
Er verstand weniger als null.
»Foxi ist doch eine alberne, überdrehte Comic-Figur. Und du, du bist ...«
»Ja ...?«
Ihr Lächeln war ein interessiertes Lächeln geworden, ihre braunen Augen waren zwei neugierige braune Augen geworden. Jetzt wagte er sie anzuschauen und ihrem Blick zu begegnen, und seine Angst und Verwirrung waren wie weggeblasen.
»Nein«, sagte er entschieden, »du bist kein alberner Comic-Fuchs. Du bist ...«
»Ja ...?«
Braune neugierige Augen.
»Weiß nicht so recht. Ein Eichhörnchen vielleicht ... nein. Eine Katze? Weiß nicht ...«

Ich weiß es noch nicht, hätte er gesagt, wenn er etwas kühner gewesen wäre.
»Katzen sind hinterhältig«, sagte sie.
Lächelnd, prüfend.
»Nein, nicht hinterhältig«, sagte er. »Katzen sind ...«
Da hielt der Bus an ihrer Haltestelle.
»Ich muß jetzt aussteigen ...«
Gerettet durch den Gong, dachte er und atmete auf.
In der Tür drehte sie sich zu ihm um.
»Du mußt mir ein andermal mehr über Katzen erzählen.«
»Auf jeden Fall keine Comic-Figur«, rief er hinter ihr her.
Sie winkte, ohne sich umzudrehen.
Und obwohl er nur ihren Rücken sah, als sie davonging, wußte er, daß ihre braunen Augen lächelten.

Das alles geschah an einem Donnerstag.
Auf diesen Donnerstag folgten der längste Freitag, der längste Samstag und der längste Sonntag seines Lebens. Seines bisherigen Lebens.
Aber schließlich wurde es doch Montag. Er sah sie bereits an der Haltestelle. Als sie in den Bus eingestiegen war, drehte sie sich um, und als sie ihn entdeckt hatte, drängte sie sich zu seinem Platz vor.
»Das hier hab ich gefunden«, sagte sie und reichte ihm eine Ansichtskarte.
Eine blaßgelbe Karte mit einem Mädchengesicht und einem Katzengesicht darauf.
»Nein«, sagte er entschieden, nachdem er den Text unter dem Bild gelesen hatte, »so hab ich es nicht gemeint. Nein, so sind Katzen nicht ...«
Er drehte die Karte um.
»Wer ist Björn?«

Und schon war da ein Gefühl, das ihm neu war, eine Krankheit, die er später nur allzu gut kennenlernen würde: die Eifersucht.
»Einer, den ich kenne. Oder besser, einer, den ich gekannt habe«, antwortete sie.
Gekannt habe. Gut, dachte er. Das Perfekt ist große Klasse. Viel besser als das Präsens.
Sie schwieg eine Weile, dann sagte sie:
»Und du? Du selbst?«
Er begriff sofort, was sie meinte.
»Vogel Strauß«, sagte er, nachdem er überlegt hatte. »Oder Esel. Oder Hund. Kettenhund.«
»Mangelndes Selbstvertrauen?« fragte sie mit einem Lächeln.
»Passable Selbsterkenntnis.« Er lächelte zurück.
Dann sagte sie nichts mehr.
»Und du wirst also Foxi genannt?«
»Ja. Wegen meiner Haare. Aber eigentlich heiße ich Ann-Katrin.«
»Hallo, Ann-Katrin«, sagte er.
»Hallo …?« sagte sie.
Er nannte seinen Namen.
Bevor er am Marktplatz ausstieg, reichte er ihr die Ansichtskarte zurück.
»Die kannst du behalten«, sagte sie. »Ich schenke sie dir.«
»Gut. Dann weiß ich jetzt deine Adresse.« Plötzlich ganz mutig.
»Nein. Die weißt du nicht. Das ist nämlich meine alte Adresse. Da wohne ich nicht mehr.«
Er stieg aus, und der Bus fuhr weiter. Mit ihr.
Mit Ann-Katrin.
Und seine Sehnsucht hatte einen Namen bekommen.

Eine deutsche Grammatik

Seite 93, Präpositionen mit Akkusativ und Dativ.
> an
> *Er setzt sich an den Schreibtisch.*
> *Er sitzt am Schreibtisch.*

Seite 79, Modale Hilfsverben
> mögen
> IMPERFEKT
> *Ich mochte (du mochtest, er mochte) das Mädchen gern.*

Seite 51, Futurum und Passiv der Hilfsverben.
> A) Futurum
> *Er wird nach den USA fahren.*

Seite 17, Die vier Fälle des Deutschen. Starke Deklination:
> B) Mit unbestimmtem Artikel.
> FEMININUM SINGULARIS
> NOM: *Da läuft eine Katze.*
> GEN: *Die Krallen einer Katze sind scharf.*
> DAT: *Hast du wirklich Angst vor einer Katze?*
> AKK: *Unser Hund jagt eine Katze.*

Er hört auf, in der deutschen Grammatik zu blättern, und legt sie vor sich auf den Schreibtisch. Er seufzt, schüttelt den Kopf und brummt etwas vor sich hin.
Nach einer Weile nimmt er das Buch wieder in die Hand,

reißt ruhig und systematisch eine Seite nach der anderen heraus und zerknüllt jede Seite zu einem kleinen Ball, den er in seinen Papierkorb wirft:
Zwei Punkte, zwei Punkte, Fehler, zwei Punkte, Fehler, Fehler, Fehler ...
Als nur noch der leere Einband übrig ist, hat er achtundvierzig Punkte.
Mit einem dicken blauen Filzstift übermalt er etwas, das auf der Innenseite des vorderen Buchdeckels steht.
Er seufzt und schüttelt wieder den Kopf. In seinem Kopf wird er diese sechs Ziffern nie ausstreichen können. Dort werden sie lange stehenbleiben. Immer. Solange er lebt.
Dann bringt er den Einband der deutschen Grammatik zum Müllschlucker und kehrt wieder in sein Zimmer zurück.
Das Telefon steht immer noch im Bücherregal. Und schweigt.

Ein Anruf bei Herztrost

Die Busfahrt zur Schule war zu zehn Minuten Glück geworden.
Zehn Minuten seiner Busfahrt waren reines Glück.
Jeden Montagmorgen, Dienstagmorgen und Donnerstagmorgen fuhren sie miteinander zur Schule. Wenn es ihm gelang, bis zu ihrer Haltestelle den Platz neben sich freizuhalten, saßen sie nebeneinander, sonst standen sie nebeneinander. In dem überfüllten Bus besaßen sie gemeinsam eine einsame Insel: eine Sitz-Insel oder eine Steh-Insel, wo sie redeten und redeten und redeten.
Und lachten und kicherten.
Und redeten und redeten.
Komisch. Reden war ihm bisher immer schwergefallen.
Mit ihr fiel es ihm leicht.
Es lief von ganz allein. Er mußte nicht nach Worten suchen, die richtigen Bemerkungen fielen ihm nicht erst zehn Minuten zu spät ein wie sonst immer, und sie hatten immer jede Menge Gesprächsstoff. Unendlich viel Gesprächsstoff, und die Busfahrten waren so erbärmlich kurz.
Sie brachte ihn zum Reden.
In Gedanken hatte er sich immer als TR-Menschen bezeichnet.
»Ein TR-Mensch, was ist das?« fragte sie neugierig. »Bist du in einer geheimen Sekte oder was?«

»Nein, aber ... Es gibt eine Menge TR-Wörter. TRüb und TRist und TRaurig und TRanig und TRottelig und TRivial und TRagisch und TRäg und TRostlos ... das alles bin ich.«
»Klarer Fall von mangelndem Selbstvertrauen!« Sie lachte und schüttelte den Kopf. »Du mußt ja total down sein.«
»Nein, ich hab kein mangelndes Selbstvertrauen«, protestierte er. »Ich kenne mich nur selbst, ich ...«
»Es gibt aber auch N-Wörter!« unterbrach sie ihn.
»Ich weiß. Niete!«
»Nett!«
»Ich hasse NETT!«
Sie nickte.
»Mm. Nett ist trist.«
»Mm.«
Nach kurzem Schweigen sagte sie:
»Normal.«
»Normalverbraucher«, sagte er.
»Normalverbraucherberater«, sagte sie.
»Normalverbraucherberaterausbildung«, sagte er.
»Normalverbraucherberaterausbildungsanstalt«, sagte sie.
»Ich geb mich geschlagen«, sagte er.
»Trist«, sagte sie. »Trübe Tasse.«
»Hab ich doch gesagt.«

»Okay, dann bist du eben nicht direkt nett«, sagte sie, als er aussteigen wollte.
»Freut mich zu hören.«
»Aber direkt unnett bist du auch nicht«, sagte sie und machte eine Schnute.

Dreimal in der Woche zehn Minuten waren zuwenig, fand er. Ganz entschieden zuwenig.

»Deine Englischlehrerin hat angerufen«, sagte seine Mutter eines Abends mit ernster Stimme. »Frau Hammar.«
»Der Hammer«, murmelte er und wußte, was jetzt kommen würde.
»Sie hat erzählt, daß du viermal hintereinander am Mittwoch im Englischunterricht gefehlt hast. Naa ...?«
Er hätte antworten können: Ich hab ein hübsches Mädchen getroffen, das in meinem Bus mitfährt, und mittwochs fängt sie immer erst um zehn an, darum mußte ich den Englischunterricht schwänzen, um sie treffen zu können. Das verstehst du doch, Mama ...? »Äh ... äh ... der Zahnarzt ... zweimal war's der Zahnarzt ... und einmal, da hab ich geglaubt, wir hätten frei, weil wir am Abend in diesen englischen Film gehen wollten, das weißt du doch noch, und dann ... dann ... ja, dann bin ich einmal im Bus eingepennt, doch, ehrlich, bin erst an der Endhaltestelle aufgewacht ...«
Seine Mutter sah ihn an.
»Du lügst«, sagte sie kurz.
Er schwieg.
»Außerdem lügst du schlecht«, sagte sie. »Aber dafür ziemlich komisch.«
Er sagte nichts.
»Aber ab jetzt gehst du mittwochs in den Englischunterricht, ist das klar?« sagte sie. »Ich möchte keinen Anruf mehr vom Hammer bekommen.«
Er nickte.
»Klaro.«
Er seufzte.
Auf dem Heimweg gelang es ihm selten, denselben Bus zu erwischen wie sie. Und wenn es ab und zu doch klappte und er einen roten Haarschopf leuchten sah und diese sprudelnde Freude schon in ihm hochsteigen wollte, mußte er sich

bremsen, wenn er feststellte, daß sie nicht allein war. Auch wenn sie ihn dann entdeckte und fröhlich winkte, blieb er in einiger Entfernung stehen, ohne zu ihr und ihren Freunden hinzugehen.
Er wollte sie für sich allein haben.
Auf ihrer Insel war nur Platz für zwei.

Aber manchmal hatte er Glück.
Wie an jenem Nachmittag, als er sie allein im Bus traf und der Platz neben ihr sogar noch frei war.
»Gnädiges Fräulein gestatten, daß ich Platz nehme?« fragte er.
»Durchaus denkbar.« Sie lächelte. »Wenn Er seine Finger im Zaum hält. Kein Betatschen, wenn ich bitten darf. Und keine unsittlichen Anträge.«
»Ha, du läufige Hündin«, sagte er, »ich weiß gut ...«
Sie unterbrach ihn mit schallendem Gelächter.
»Du läufige Hündin ...« kicherte sie, als sie sich beruhigt hatte. »Ganz schön stark! Aber davor war ich ja eine Katze. Jetzt mußt du dich entscheiden: Katze oder Hund? Eine rollige Katze vielleicht?«
Ja, sie hatte es selbst gesagt. Schon als er den Film zum ersten Mal gesehen hatte, mußte er daran denken. Sie hatte es selbst gesagt. Aber damals, im Bus, war es nur ein Scherz.
Auf diese Bemerkung antwortete er nicht.
»Gnädiges Fräulein studieren Deutsch, wie ich sehe«, sagte er statt dessen nach einer Weile und deutete mit dem Kopf auf eine deutsche Grammatik, die sie auf dem Schoß hielt.
»*Jawohl*«, bestätigte sie auf deutsch. »Und morgen eine Deutscharbeit. Starke Verben. *Fahren, fuhr, gefahren. Und so weiter*«, fuhr sie wieder auf deutsch fort.
»Je ne comprends pas«, sagte er.

»Lernst du etwa Französisch?« fragte sie erstaunt.
Er nickte.
»Französisch ist eine aussterbende Sprache«, erklärte sie. »Das sagt unser Deutschlehrer.«
»Deutsch ist eine Sprache für Barbaren. Das sagt meine Französischlehrerin«, konterte er und blätterte ein bißchen in ihrer Grammatik. »Ich glaube, sie hat recht. Das sieht ja echt barbarisch aus.«
Da stand sie plötzlich auf.
»Hoppla. Fast hätt ich's verpaßt. Ich muß doch aussteigen!«
Sie drängte sich an ihm vorbei.
»Du müßtest meine Busfahrten etwas öfter vergolden«, sagte sie, als sie schon halbwegs draußen war. »Tschüs! Bis Montag!«
»Tschüs. Und danke gleichfalls«, rief er hinter ihr her.
Erst als er fast daheim war, merkte er, daß er immer noch ihre deutsche Grammatik in der Hand hielt.

Zu dumm! Was sollte er jetzt nur tun?
Er saß in seinem Zimmer auf der Bettkante und befingerte ihr Buch. Auf der Innenseite des Einbandes standen ihr Name und ihre Telefonnummer.
Er konnte das Telefon von seinem Platz aus erreichen.
Er mußte sie anrufen.
Morgen würde sie eine Deutscharbeit schreiben, deswegen brauchte sie ihre Grammatik.
Er mußte sie anrufen.
Er nahm den Hörer ab, begann ihre Nummer zu wählen und legte den Hörer wieder auf.
Er nahm den Hörer ab und wählte ihre ganze Nummer, warf den Hörer aber rasch wieder auf die Gabel, bevor irgendein Signal kam.

Er nahm den Hörer ab, wählte ihre Nummer, ließ es dreimal läuten und hatte gerade beschlossen aufzulegen, als sich jemand meldete.
Eine fremde Stimme sagte:
»Hallo! Hallo, ist da jemand? Hallo!«
Er warf den Hörer auf.
Sein Herz hämmerte, seine Hände waren schweißnaß.
Nein, so ging das nicht weiter. War er eine Maus oder war er ein Mann?
Er nahm den Hörer ab, wählte ihre Nummer, und:
»Ann-Katrin«, meldete sich eine Stimme.
»Hallo, kann ich bitte Ann-Katrin spr...« sagte er und schaffte es nicht, den Satz, den er sich zurechtgelegt hatte, zurückzuhalten.
»Sitzt du auf der Leitung oder was?« sagte die Stimme im Hörer. »Ich bin's doch. Das hab ich doch gesagt. Wer ist denn am Apparat?«
Inzwischen hatte er sich gefangen.
»Ich bin's doch«, sagte er. »Und jetzt bin ich von der Leitung aufgestanden. Ich wollt dir nur sagen, daß ich eine deutsche Grammatik hab, für die ich wenig Verwendung habe. Aber ich hab mir gedacht, daß du sie vielleicht vermißt...«
»Ach, du bist es?« sagte sie. »Hab deine Telefonstimme gar nicht erkannt. Dann warst du das auch, der eben angerufen hat?«
»Ich hab deine Telefonstimme auch nicht erkannt«, sagte er.
»Das warst doch du, der eben angerufen hat, oder?« wollte sie wissen.
Er antwortete nicht.
»Hallo, bist du noch da?« sagte sie. »Echt idiotisch, daß ich meine Grammatik vergessen hab. Jetzt ist meine Zwei in Deutsch futsch. Das sieht mir ähnlich...«

»Soll ich sie dir bringen?« fragte er nach einer Weile und biß sich fast auf die Lippe, während er auf ihre Antwort wartete.
»Willst du das wirklich?« sagte sie.
Ob er das wollte? Ich würde siebenhundert Kronen dafür geben, dachte er.
»Von mir aus«, antwortete er. »Kann ja kurz mit dem Fahrrad rüberkommen. Es wär ehrlich ein Jammer um deine Zwei in Deutsch.«
»Das wär wahnsinnig lieb«, sagte sie.
»Aber ich weiß nicht, wo du wohnst.«
Sie sagte es ihm.
Er schmiß die Grammatik in eine Einkaufstüte und stürzte zu seinem Fahrrad hinaus.
Garantiert kriege ich einen Platten, dachte er, als er losradelte. Oder ich werde von einem Laster überfahren. Oder ich kriege einen Herzstillstand. Ich falle tot vom Rad und komme nie bei ihr an.

O doch.
Aber hatte sie das mit Absicht getan? War die Grammatik ein Taschentuch, das sie fallen gelassen hatte? Ein Angelhaken, an dem er angebissen hatte? Das wußte er immer noch nicht. Er hatte nie gewagt, sie zu fragen.

Eine Topfpflanze

ZITRONENMELISSE
Melissa officinalis

»Die Zitronenmelisse gehört zur Wildflora des Orients. Die Pflanze ist winterhart und läßt sich leicht ziehen. In mittelalterlichen und noch älteren Kulturen hatte die Zitronenmelisse große Bedeutung als Heilpflanze und wurde als Gewürz- und Zierpflanze von den Mönchen angebaut.
Die Zitronenmelisse ist ein vorzügliches Gewürz für Fisch-, Geflügel- und Wildgerichte. Auch in Bouillons, Tees, Säften und Saucen sehr schmackhaft. Eine besondere Delikatesse ist frisch geerntete, gehackte Zitronenmelisse in Rohkost, Diätkost, Eiergerichten und Salaten. Tee von Zitronenmelisse fördert den Schlaf und verleiht angenehme Träume.«

Aus dem *Großen Garten- und Kräuterbuch*

Er starrt die grüne Topfpflanze an, die vor ihm steht.
Nach langem Zögern streckt er die Hand aus, zwickt eines der hellgrünen Blätter ab, zerreibt es zwischen Daumen und Zeigefinger und hält sich die Hand unter die Nase.
Dann bleibt er regungslos wie eine Statue sitzen.
Aber eine Statue weint nicht. Und das, was über seine Wangen herabrinnt, sind Tränen.
Plötzlich fährt er mit einem Ruck hoch und stürzt mit dem Blumentopf in der Hand durch die Wohnung, reißt die Bal-

kontür auf und schleudert den Topf mit aller Kraft in die Grünanlage hinunter.
Warum macht er das?
Als er zu seinem Schreibtisch zurückkehrt, atmet er schwer.
Neben dem Schreibtisch steht das Bücherregal.
Das Bücherregal schweigt.
Das Telefon ebenfalls.

Ein Duft von Herztrost

Er schaute sich unruhig um, während er ihr in die Wohnung folgte.
»Suchst du was?«
»Nein, nein«, beteuerte er rasch und umklammerte die Einkaufstüte mit schweißnasser Hand.
»Meine Mutter hat heute Spätschicht«, sagte sie. »Sie kommt erst nach zehn. Falls du dir deswegen Sorgen machst.«
»Nein, nein«, log er. »Überhaupt nicht.«
»Hier ist mein Zimmer. Komm ...«
Er blieb in der Türöffnung stehen.
»Ich hab immer geglaubt, Mädchen hätten rosa Tapeten und Pferdeposter und Popstars an den Wänden. Und das Bett voller Puppen und Stofftierchen.«
Sie lachte. »Na, du scheinst ja schon in vielen Mädchenzimmern gewesen zu sein.«
»Klaro. Tausende. Und alle hatten sie rosa Tapeten und Pferdeposter. Aber einen Popstar hast du ja doch. Wie ich sehe, ziehst du ältere Semester vor. Hallo, Leonard Cohen.«
Er blieb in der Türöffnung stehen.
Nein, es stimmte nicht, daß er schon viele Mädchen besucht hatte. Seine Kusine Emma natürlich. Und Sara aus seiner Klasse, wenn bei ihr ein Klassenfest war. Und ... Ja, mehr waren es eigentlich nicht. Aber ihre Zimmer waren auf jeden Fall rosarote Mädchenzimmer gewesen. Das hier war

ein normales Arbeitszimmer, ungefähr wie sein eigenes.
»Spielst du?«
Er nickte zu einer Gitarrenhülle hinüber, die an der Wand lehnte.
»Ja. Aber komm doch rein und setz dich. Oder traust du dich nicht?«
»Tsss«, machte er. »Als ob ich nicht in Tausenden von Mädchenzimmern gewesen wäre!«
Er hatte die Wahl zwischen einem Stuhl und einem Bett. Sie setzte sich auf den Stuhl.
Jetzt konnte er nur noch das Bett wählen, also setzte er sich mit größter Vorsicht auf die äußerste Kante ihres Bettes.
Sie musterte ihn amüsiert.
»Hast du Angst, daß der Überwurf zerknautscht?«
»Quatsch«, sagte er und ließ sich nach hinten fallen. »Als ob ich nicht schon auf Tausenden von Mädchenbetten gesessen hätte!«
»Gelegen hast du wohl auch schon in Tausenden«, sagte sie.
»Na ja, ein paar sind es inzwischen schon«, log er.
»Hab ich mir gleich gedacht«, sagte sie lächelnd.

Reden und reden und reden und lachen und eine Tasse Tee trinken, und der Abend verstrich, und er konnte es nicht begreifen, konnte es nicht fassen:
Er war bei ihr zu Hause. Er war mit ihr allein. Bei ihr zu Hause. Wie war es dazu gekommen? Wie war er hier gelandet? Er konnte es einfach nicht verstehen.
Und er redete und redete und lachte, und noch nie war es so schnell zehn Uhr geworden.
»Oje. Jetzt muß ich aber los.«
»Ich glaub, du hast doch ein bißchen Angst vor meiner Mutter, was?« spöttelte sie.

»Nicht die Bohne«, log er. »Als ob ich nicht schon Tausende von Mädchenmüttern getroffen hätte. Aber mein Fahrrad verwandelt sich Punkt zehn in einen Kürbis.«
»Vergiß nicht, deinen gläsernen Schuh zu verlieren, wenn du die Treppe runterrennst«, sagte sie und lachte.
Er stand auf.
Auf dem Fensterbrett entdeckte er fünf gleich aussehende Topfpflanzen mit hellgrünen Blättern.
»Was sind das da für Pflanzen?«
»Komm«, sagte sie, zwickte von einer Pflanze zwei Blätter ab und gab ihm eines davon. »So mußt du das machen.« Sie rieb ihr Blatt zwischen dem Daumen und dem Zeigefinger.
Er machte es ihr nach.
»Und jetzt?«
Da nahm sie vorsichtig seine Hand in die ihre und führte sie ihm unter die Nase.

STOP!
Können wir diese Sequenz bitte noch einmal vorgeführt bekommen, in Zeitlupe und Großaufnahme:
Sie – nahm seine Hand – in die ihre – und – ihre Hand – war – weich – und – warm.
Die erste Berührung. Danke.
WEITER:

»Riech mal!«
Er schnupperte. Mmm. Es duftete frisch und gut und stark nach Zitrone.
»Mmm …«
Sie hatte seine Hand losgelassen und sah ihn zufrieden an.
»Gut, was?«
Er nickte glücklich.

»Was ist das? Irgendeine verbotene Droge, oder ...?«
»Herztrost«, antwortete sie.
»Was?«
»Herztrost. Das ist eine Gewürzpflanze. Sie heißt Herztrost oder Zitronenmelisse. Aber Herztrost ist schöner. Findest du nicht auch?«
»Viel schöner.«
Dann runzelte er die Stirn.
»Was ist?« fragte sie.
»Dieser Duft kommt mir irgendwie bekannt vor. Hab nur versucht, mich daran zu erinnern, wo ich ihn schon mal gerochen hab ...«
Sie lächelte vor sich hin, sagte aber nichts.
»Du kannst gern einen Topf haben. Wenn du willst. Ich hab ja fünf. Hab sie selbst gesät. Man kann die Blätter in den Salat tun oder Tee daraus machen. Der fördert den Schlaf und verleiht angenehme Träume.«
»Natürlich. Gern.«
Er nahm den Topf entgegen, den sie ihm reichte.
»Ich stell ihn in meine Tüte.«
»Also, dann tschüs.«
»Tschüs. Und vielen Dank für Herztrost.«
»Bitte, gern geschehen.«
Schweigen. Aber er rührte sich nicht vom Fleck.
»Paß auf, daß du nicht ertrinkst«, sagte sie lächelnd, worauf er zusammenfuhr.
»Oh, verzeih. Ich glaube, ich bin hypnotisiert worden«, sagte er.
»Du hast schöne Augen«, sagte sie.
Was soll man darauf antworten? Innerhalb von drei Sekunden hatte er sich zwanzig verschiedene Antworten ausgedacht, doch dann kam:

»Deine sind auch nicht gerade affenscheußlich.«
»Wow, du kannst vielleicht Komplimente einstecken. Und austeilen«, sagte sie mit einem Seufzer, sah dabei aber zufrieden aus. »Man merkt deutlich, daß du schon mit Tausenden von Mädchen zusammengewesen bist.«
Er nickte.
»So, jetzt fahr ich nach Hause und träume angenehme Träume«, sagte er.
»Viel Erfolg«, sagte sie.
»Tschüs.«
»Tschüs.«
Jetzt mußte er gehen.
Er brach die Verzauberung und ging.
Im Treppenhaus begegnete er einer rothaarigen Frau.

Erst als er die Topfpflanze zu Hause in seinem Zimmer auspackte, entdeckte er, daß er die deutsche Grammatik wieder mitgenommen hatte.
Er lachte.
»Meines Herzens Trost«, flüsterte er. »Das bist du ...«

Eine Seite aus einem Liederbuch

Im grünen Hain, da wächst ein Pflänzelein.
Komm Herztrost mein.
Dort will ich gewißlich dein eigen wohl sein.
Kommt Lilien und Akelei,
Kommt Rosen und Salbei,
Komm Krausminze fein, komm Herztrost mein.

Liebliche Blümlein, die bitten zum Tanz.
Komm Herztrost mein.
Willst du, so binde ich dir einen Kranz.
Kommt Lilien und Akelei,
Kommt Rosen und Salbei,
Komm Krausminze fein, komm Herztrost mein.

Den Kranz, den setze ich dir in dein Haar.
Komm Herztrost mein.
Die Sonne geht unter, und wir sind ein Paar.
Kommt Lilien und Akelei,
Kommt Rosen und Salbei,
Komm Krausminze fein, komm Herztrost mein.

Im grünen Hain wachsen Blumen ohn' Zahl.
Komm Herztrost mein.
Von allen die Liebste bist du allemal.

Kommt Lilien und Akelei,
Kommt Rosen und Salbei,
Komm Krausminze fein, komm Herztrost mein.

Er summt leise vor sich hin, während er das liest. Dann verstummt er und zerreißt die Seite in schmale Streifen, die Streifen zerreißt er in je vier Stücke, und jedes Stück rollt er zu einem kleinen Ball zusammen, den er sich in den Mund steckt.
Er braucht vier Minuten, bis er »In einem grünen Hain« in sich hineingekaut hat.

Komm Herztrost mein

»Der Typ ist echt ätzend«, seufzte Henka.
»Mm.«
»Und dabei glaubt er, daß er enorm interessant ist.«
»Mm.«
»Wovon redet er überhaupt?« wollte Henka wissen.
»Von der Nationalromantik.«
Sie hatten Kunst- und Musikgeschichte, und er und Henka saßen ganz hinten im Saal. Der Musiklehrer, ein Überbleibsel aus den sechziger Jahren, stand vorn an der Tafel und redete und redete. Wie immer trug er ein kariertes Arbeitshemd und Jeans. Immer dasselbe karierte Hemd.
»Dieses Lied zum Beispiel«, fuhr der Musiklehrer fort, »›In einem grünen Hain‹, das kennt ihr ja, also, das ist ein ungewöhnlich deutliches Beispiel für …«
»Ich halt das einfach nicht aus«, stöhnte Henka, »er …«
»Psst, sei mal still, das hier will ich hören!«
Er beugte sich vor und versuchte sich auf das zu konzentrieren, was der Musiklehrer sagte. In dem Text, den der Lehrer vorne an die Wand projiziert hatte, hatte er ein bekanntes Wort entdeckt.
Das Wort war: Herztrost.
»… und wenn man diesen Text anschaut, meint man doch, ein schönes poetisches Liebeslied vor sich zu haben, genau die Art von Lied, die man damals auf der Suche nach dem echt Schwedischen zu finden hoffte. Die Lieder, die man

sonst auf dem Lande aufzeichnen konnte, waren ja meistens so frech und schweinisch, daß sie nicht in das große nationale ... äh ... also, in dieses typische ... schwedische Kulturerbe paßten, das man aufzeichnen und bewahren und übrigens auch in den Salons zu Gehör bringen wollte, äh ... daher hat man das Material tüchtig zensiert ... aber dieses Lied, ›In einem grünen Hain‹, das war so schön und unschuldig, daß es rasch als schwedisches Volkslied von Gotland bekannt und beliebt wurde. Aber ...«
Henka stöhnte.
»Psst, das will ich hören!«
»... aber als dieses Lied verbreitet wurde, gelangte damit auch ein Stück handfestes Frauenwissen an die Öffentlichkeit. Das Lied ist nämlich keineswegs so rein und unschuldig, wie es auf den ersten Blick aussieht. Schaut euch den Text mal genauer an. Im Refrain werden Pflanzen aufgezählt: Lilien, Akelei und Rosen, also lauter Blumen. Salbei und Krausminze sind Kräuter, und Herztrost ist ebenfalls ein Kraut, das auch einen anderen Namen hat, nämlich ...«
»Zitronenmelisse!«
Der Musiklehrer sah erstaunt auf.
»Ja, genau. Eine sehr vielseitig verwendbare Pflanze, die stark duftet, und zwar nach ...«
»Zitrone!«
»Genau, ja ... ja, wie der Name sagt, hähä, aber all diese Pflanzen haben etwas Interessantes gemeinsam, etwas, das die Nationalromantiker nicht gewußt haben, als sie dieses schöne Lied verbreiteten, nämlich, daß sie als Abtreibungsmittel dienten, zur Abtreibung also. Also, äh, die Pflanzen ...«
Der Musiklehrer schwieg eine Zeitlang.
»Erwartet er, daß wir Beifall klatschen?« fragte Henka. »Seit wann bist du denn unter die Kräuterspezialisten gegangen?«

»Psst ...«
»Also, was ich damit sagen wollte ... ist also, daß dieses schöne alte Liebeslied, eine der beliebtesten und bekanntesten Volksweisen, in Wirklichkeit eine Aufzählung von den verschiedensten Abtreibungskräutern ist, und in der alten Bauernkult ...«
»Könnten wir das Lied jetzt nicht singen?« unterbrach ihn eines der Mädchen.
»Doch ... können wir natürlich«, sagte der Musiklehrer.
»Zweistimmig?«
»Erst singen wir gemeinsam die Melodie«, sagte der Musiklehrer und setzte sich ans Klavier.
Am nächsten Morgen im Bus erzählte er ihr davon.
Sie lachte erstaunt. »Aha, dafür ist Herztrost also auch gut. So, so ...«
»Wenigstens behauptet unser Musiklehrer das. Aber als Mädchen würde ich mich nicht auf ihn verlassen.«
»It takes two to tango«, sagte sie mit einem ernsten Lächeln.
»Was?«
»Um Tango zu tanzen, muß man zu zweit sein.«
»Danke«, sagte er. »Das hab ich verstanden. Aber ...«
»Ach, nichts«, sagte sie. »Hast du Lust, mir heute abend meine deutsche Grammatik zu bringen? Meine Mutter hat Nachtdienst ...«
»Wenn wir schon beim Tango sind ...«
»Bilde dir bloß nichts ein. Kommst du?«
»Klar.«
Die deutsche Grammatik war zu einem stehenden Scherz geworden, zu ihrem Losungswort. Eine gemeinsame Erinnerung. Er behielt das Buch und nahm es nicht einmal mehr zu ihr mit.
Die deutsche Grammatik war seine Geisel.

Und er besuchte sie immer wieder, nicht oft, aber manchmal. Der rothaarigen Mutter war er erfolgreich aus dem Weg gegangen. Allen anderen übrigens auch. Er traf sie im Bus oder bei ihr daheim, nirgends sonst und nie, wenn jemand anderes dabei war.
Er spielte ein Spiel für zwei, kein Gesellschaftsspiel.
Und das Gerede über Sex war Gerede, nichts weiter. Er hatte immer noch nur auf ihrem Bett gesessen.
Sie waren Freunde, sie redeten und lachten, wenn sie zusammen waren, und wenn er an sie dachte, wurde ihm heiß und kalt, er konnte in ihren Augen ertrinken, aber sie waren Adam und Eva vor dem Apfel.
Doch, das ist wahr, das stimmt tatsächlich.
Er hatte sie nie geküßt. Er hatte nie an … an ihren Körper gedacht. Das ist wahr. Das stimmt tatsächlich.
Er hätte nicht sagen können, ob sie große oder kleine Brüste hatte.
Er schlief mit den Händen auf der Bettdecke.
Das ist wahr.
Damals war das noch so.

Eine Schallplatte

Er hat ein LP-Album vor sich aufgeschlagen, und auf dem Plattenspieler dreht sich eine Schallplatte.
Ein letztes Mal hört er dieses Lied:

>»stepping out of the grey day she came
>her red hair falling like the sky
>love held them there in that moment
>   with the whole world passing by
>
>he could look through all of his books
>and not find a line that would do
>to tell of the changes he could feel her make in him
>just by being there
>
>so good just to walk in the light
>may the moon shine down on love every night
>sometimes it seems the only things real
>are what we are and what we feel«

>   »Red hair«
>   Text & Musik: Mike Heron

»Flüssige Akrobaten, was die Luft betrifft«, sagt er vor sich hin. »So ein beknackter Plattentitel. Typisch Papa. Scheiße...« Wieder treten ihm Tränen in die Augen.
»Scheiße Scheiße Scheiße...«

Er nimmt die Platte vom Plattenteller und läßt die Nadel über die Plattenseite kratzen.
Als er die Platte auf den Schreibtisch gelegt hat, holt er sein Schweizer Armeemesser hervor, klappt das größte Messer heraus und ritzt tiefe, lange Schrammen in die Platte. Er schneidet, als würde er eine Torte in zwölf Stücke schneiden, ganz ruhig und methodisch. Beinahe sorgfältig. Und dann genauso auf der Rückseite, dort auch zwölf Tortenstücke. Jetzt kann niemand mehr »Liquid acrobats as regards the air« der Incredible Stringband anhören.
Er nimmt die Platte mit auf den Balkon und wirft sie von dort wie eine Frisbee-Scheibe in die Sommernacht hinaus. Zunächst steigt sie wie eine Fliegende Untertasse, dann sinkt sie langsam auf den Parkplatz und landet schließlich auf einem Autodach.
Nachdem er dem Flug des LP-Frisbees mit Blicken gefolgt ist, entdeckt er, daß er sein Messer immer noch in der Hand hält. Das schleudert er hinterher.
»Scheiß Schweiz. Verdammtes Scheißland. Verdammtes Scheißmesser.«
Die Plattenhülle faltet er zusammen und wirft sie in den Müllschlucker, dann setzt er sich wieder an den Schreibtisch.
»Verdammte Scheiße, verdammte!«
Flucht er nicht unnötig viel?
Das Telefon dort im Bücherregal sagt dagegen überhaupt nichts. Es schweigt.

Herztrost reicht ihm den Apfel

Papa hatte nicht viel zurückgelassen, als er auszog: einen Stapel Schallplatten, eine verweinte Mama und einen verdatterten Sechsjährigen, der nichts begriff.
Warum war Papa ausgezogen? Papa hatte sich doch nie mit Mama gestritten, sie hatten sich nicht angeschrien, und verprügelt hatten sie sich auch nicht, wie er es schon manchmal im Fernsehen gesehen hatte. Er verstand es einfach nicht.
Sie waren doch eine normale Familie gewesen, die jeden Morgen zusammen frühstückte und jeden Abend zusammen vor dem Fernseher saß. Im Urlaub waren sie mit dem Auto nach Norwegen gefahren.
Sie waren eine normale Familie gewesen.
Eine glückliche Familie.
So wollte er sich wenigstens jetzt, zehn Jahre später, daran erinnern.
Noch nie in seinem Leben hatte er sich so getäuscht gefühlt wie damals, als Papa ausgezogen war. Und noch nie hatte er eine solche Leere empfunden. Wenn er mitten in der Nacht aufwachen und »Papa« rufen würde, wer würde dann kommen? Wer würde ihm die Decke glattstreichen, ihm einen Kuß geben, ihm ein Liedchen vorsingen?
Niemand.
Papa war nämlich zu einer Tante gezogen.
Noch nie in seinem bisherigen Leben hatte er sich so getäuscht gefühlt, hatte er eine solche Leere empfunden.

Inzwischen hatte er mehr Erfahrung, was Verrat anbelangte. Doppelt soviel.

Erst nachdem Krister zu Mama und ihm gezogen war und er seine total süße kleine Halbschwester Hanna bekommen hatte, begann er wieder über Papa nachzudenken. Vorher hatte er Papa nur vergessen wollen.

Krister war keineswegs der böse Stiefvater oder so was, überhaupt nicht, aber Krister war einfach eine andere Sorte Mensch. Papa muß von meiner Sorte gewesen sein, dachte er. Papa steckt in mir, eine Hälfte von mir ist Papa. Mindestens.

Also begann er über Papa nachzudenken. Wäre es möglich, Papa jetzt kennenzulernen? Wäre es vielleicht sogar möglich, ihn zu verstehen?

Daß Papa ein Verlierer war, das war ihm klar. Damals vor zehn Jahren hatte Papa Mama und ihn wegen Der Großen Liebe verlassen, das wußte er inzwischen, aber schon nach einem halben Jahr hatte Die Große Liebe von Papa genug gehabt und war nach Vännäs gezogen.

Wie hatte Papa sich damals gefühlt? Ausgerechnet nach Vännäs ...

Ja, Papa war ein Verlierer.

Aber dennoch: Ein Versuch, Papa kennenzulernen, war jetzt an der Zeit. Und er begann, nach seinem Vater zu suchen.

Zuerst suchte er in dem Plattenstapel.

Papas zurückgelassene Musik: eine Menge Gruppen, von denen er noch nie etwas gehört hatte: Incredible Stringband, Jefferson Airplane, Country Joe and the Fish, Fairport Convention, Grateful Dead. Plärrende englische Volksmusik und amerikanischer Hippie-Rock.

Er hörte zu und las die Texte.

Nichts stimmte. Das war Philosophie, Mystik, Revolution,

LSD und Religion, das waren Kinderlieder und Antikriegstexte. Bunt durcheinandergewürfelt.
Nein, bei seiner Suche nach Papa waren ihm die Platten keine große Hilfe.
Aber wenigstens fand er ein Lied, das »Red hair« hieß.
Und weil er zur selben Zeit ein Mädchen mit roten Haaren im Bus entdeckt hatte, ein Mädchen, das seine Busreisen erhellte, hörte er natürlich zu und las den Text und hörte noch einmal zu
und noch einmal,
und noch einmal,
und noch einmal,
und das Lied handelte von ihr. Und von ihm. Genau.
Die Platte war schon von Anfang an zerschrammt und verkratzt gewesen, und jetzt Ende Mai klang sie wie ein Oldie aus dem »Hörerwunschkonzert«.
Aber er hörte sie trotzdem.
Jeden Tag hörte er das Lied von dem Mädchen mit den roten Haaren, von dem Mädchen, das ihn durch ihre bloße Gegenwart veränderte.

Und dann eines Abends war sie tatsächlich da.
»Hier ist eine junge Dame, die dich sprechen will«, sagte Mama mit verschmitzter Miene.
Eine junge Dame?
Er ging in den Flur hinaus, und da stand sie.
Sie stand einfach da und sagte:
»Ich hab gerade einen Spaziergang gemacht. Draußen ist es so schön. Und da hab ich mir gedacht, daß ich mal vorbeischauen könnte. Wenn mich nicht alles täuscht, hast du eine deutsche Grammatik, die mir gehört, oder? Wir schreiben morgen eine Deutscharbeit, ich brauche sie.«

Mit roten Wangen und jubelndem Herzen stand er schweigend vor ihr und starrte sie an. Schließlich sagte er:
»Gut. Super. Komm doch rein. Die Tante da, die solche Glubschaugen macht, ist meine Mutter. Sie ist ungefährlich. Und das hier ist Ann-Katrin.«
»... und die ist lebensgefährlich«, ergänzte sie selbst und begrüßte seine Mutter höflich.
»Willkommen«, sagte Mama. »Komm herein, Ann-Katrin. Geht ihr in dieselbe Klasse?«
»Nein«, sagte er kurz und zog Ann-Katrin mit sich. »Hier ist mein Zimmer, komm ...«
»Soll ich euch Tee machen?« rief Mama hinter ihnen her.
»Nein danke«, sagte er.
»Doch, vielen Dank«, sagte Ann-Katrin. »Das wär schön.«
»Bist du sauer, weil ich hergekommen bin?« fragte sie.
»Nein, nein, es ist nur meine Mutter, die ist immer so neugierig ...«
»Ist sie es denn nicht gewöhnt, daß du Damenbesuch bekommst?«
»Doch, klar, hier rennen ja Tausende von Mädchen raus und rein, das ist es nicht ...«
»Was hörst du da?«
Er stellte rasch den Verstärker ab.
»Zeig ich dir nachher. Die können wir nachher anhören. Eine alte Platte von meinem Vater. Eine von denen, die er zurückgelassen hat.«
»Sind sie geschieden?«
»Ja. Er ist vor zehn Jahren abgehauen.«
»Meiner ist abgehauen, als ich dreizehn war«, sagte sie. »Aber das war nur gut. Seitdem ist meine Mutter viel fröhlicher. Und er auch.«
Er sah sie erstaunt an. So konnte es also auch sein?

»Triffst du deinen Vater nie?« fragte sie.
Er schüttelte den Kopf.
»Es ist viele Jahre her. Aber vielleicht diesen Sommer. Ich weiß nicht. Bisher hab ich ihn nicht treffen wollen ...«
Sie schwieg.
»Können wir nicht über was anderes reden?« fragte er.
Sie nickte.
»Wie ich sehe, hast du Herztrost im Fenster.«
»Ja, und hier drin auch«, sagte er und klopfte auf sein eigenes Herz.
Sie zeigte nicht, ob sie ihn verstanden hatte.
Mama brachte ein Tablett mit Broten, und der Abend rann davon.
Wenn er mit Herztrost zusammen war, schien die Zeit jedesmal davonzugaloppieren.
»Du wolltest mir doch noch eine Platte vorspielen«, sagte sie. »Ich muß jetzt bald gehen.«
»Gut. Nur noch dieses Lied.«
Er legte die Platte auf und reichte ihr die Plattenhülle.
»Red hair ...«
Sie hörte konzentriert zu und sagte dann:
»Hm. Komische Musik. Aber schön. Die Stelle mit dem Cello ist echt gut.«
»Ich hab sie ... oft ... gehört ...« murmelte er. »Und ich finde den Text ...«
Da wurde sie plötzlich ernst, sah ihn ernst an und sagte mit ernster Stimme:
»Du darfst nicht ...«
Sie konnte es nicht sagen. Aber er hätte es trotzdem verstehen müssen.
Er wollte es nicht verstehen.
Er merkte es nicht einmal.

Als sie aufstand, um zu gehen, machte sie einen erneuten Versuch:
»Du darfst nicht ... Du sollst nicht ... Du ...«
»Ja?«
Da seufzte sie und gab auf.
»Komm.«
Und dann umarmte sie ihn.
Und damit bewirkte sie das genaue Gegenteil.
Nachdem sie gegangen war, blieb er nämlich mitten im Zimmer stehen und fühlte ihren weichen Körper, als wäre er ihm mit einem Stempel aufgedrückt worden. Diesmal waren es nicht zwei Freunde gewesen, die sich voneinander verabschiedet hatten, diesmal waren es ihr Bauch an seinem Bauch gewesen, ihre Schenkel an seinen, ihre Brust an seiner, ihre Haare an seiner Wange. Und seine Lippen fast an ihrem Hals. Fast.
Genau das Gegenteil bewirkte sie.
Daß sie versucht hatte, ihm etwas zu sagen, etwas Wichtiges, vor ein paar Minuten erst, daran dachte er nicht.
Er hatte es nicht einmal bemerkt.
Er merkte es erst, als er den Film zum dritten Mal anschaute, und da war es natürlich zu spät.

An jenem Abend geschah noch etwas anderes, etwas anderes begann. Er schlief nicht mehr mit den Händen auf der Bettdecke. Vielen Dank für den guten Apfel! Besten Dank, liebe Schlange!

Eine leere Plastikschachtel

Ist die Plastikschachtel, die er in der Hand hält und anstarrt, tatsächlich leer? Er nimmt den Deckel ab, dreht die Schachtel um und schüttelt sie draußen vor seinem Fenster aus.
Dann geht er in die Küche und spült sie sorgfältig aus. Riecht daran, rümpft die Nase, wirft einen Blick auf die Spülmittelflasche: Aha. Zitro-Spülkonzentrat.
Er spült die Schachtel gründlich und lange, bevor er zufrieden ist.
Ist sie tatsächlich leer gewesen?
In seinem Zimmer steht das Telefon immer noch im Regal und schweigt.

Herztrost-Reliquien

»Ich weiß ja, daß ich dich immer damit nerve, daß du dein Zimmer aufräumen sollst, aber übertreibst du jetzt nicht doch ein bißchen?«
Mama hatte die Tür zu seinem Zimmer aufgemacht und ihn dabei ertappt, wie er mit einer Pinzette in der Hand auf dem Fußboden herumkroch. Es war der Tag nach Ann-Katrins Besuch. Der Tag, nachdem Herztrost in seinem Zimmer gewesen war. Der Tag, nachdem sie ihn umarmt hatte.
»Hab ich nicht gesagt, daß du anklopfen sollst«, fuhr er Mama an. »Hab ich das etwa nicht gesagt?«
»Was treibst du da eigentlich?« fragte Mama.
Er antwortete nicht, warf ihr nur die Tür vor der Nase zu.

Aber was trieb er eigentlich?
Er suchte Reliquien.
Es hatte damit angefangen, daß er ein langes rotes Haar auf seinem Schreibtisch gefunden hatte. Er schnupperte daran: Ein ganz, ganz schwacher Hauch von Zitrone. Vielleicht.
Vorsichtig pulte er das Haar in eine kleine Plastikschachtel und begann, nach weiteren Haaren zu suchen.
Auf dem Teppich fand er noch eins. Und noch eins.
Und dann kam Mama herein.
Nachdem er sein Zimmer vom Fußboden bis zur Decke durchsucht hatte, lagen sieben rote Haare in der Schachtel.

Er steckte die Schachtel unters Kopfkissen. Das waren seine Herztrost-Reliquien.

Im Bus war sie so wie immer.
Ihr war kein Unterschied anzumerken. Es war so, als wäre gar nichts passiert.
»Wann genau fährst du nach den USA?« fragte sie.
»Am letzten Schultag, gleich nach der Schlußfeier. Aber ich hab gar keine Lust mehr hinzufahren.«
»Was? Warum denn nicht?«
Sie sah ehrlich erstaunt aus. Ja, kapierte sie das denn nicht? Er wollte doch mit ihr zusammensein! Er hatte überhaupt keine Lust, einen ganzen langen Monat bei einer Familie in den USA zu verbringen. Kapierte sie das nicht?
»Na ja, einfach so ...« sagte er nur.
»Wo wohnst du denn da?«
»Boston, Massachusetts«, antwortete er. »Oder besser gesagt, außerhalb von Boston. In einem Ort, der Marblehead heißt.«
»Aha. Einen Monat, hast du gesagt ...«
»Und was machst du in den Ferien?« fragte er. »Außer Deutsch pauken natürlich?«
Sie lachte.
»Faulenzen. Ausschlafen. Lange aufbleiben. Nichts Besonderes. Und dann krieg ich Besuch. Von jemand ... jemand, den ich im Winter kennengelernt hab. Und dann werd ich zwei Wochen lang mit meinem Vater segeln. Die Norrlandsküste entlang.«
STOP! HALT!
Sie hatte es doch gesagt! Sie hatte es doch tatsächlich gesagt! Und er hatte es überhört.
Sie hatte gesagt: »Ich krieg im Sommer Besuch.« Und er hatte nicht weiter daran gedacht.

Er hatte nicht gefragt: Von wem?
Er hatte nicht gefragt: Von einem Jungen oder einem Mädchen?
Er hatte es überhört, aber sie hatte es tatsächlich gesagt.
Das entdeckte er erst, als er den Film zum dritten oder vierten Mal anschaute.
Wahrscheinlich hatte er es überhört, weil sie so fortfuhr:
»Und dann hoffe ich, daß noch Zeit bleibt, um dich zu treffen ...«
Er nickte zufrieden. Genau das hatte er hören wollen.
»Wir können doch einfach weiter jeden Morgen mit dem Bus reinfahren«, schlug er lachend vor. »Wenigstens jeden Montag, Dienstag und Donnerstag. Obwohl wir Sommerferien haben. Sonst wird uns bestimmt was fehlen.«
»Nie im Leben«, sagte sie und lachte.

Eine Packung Kondome

Vom Balkon segeln helle längliche Ballons in die Nacht hinaus. Ein, zwei, drei, vier Stück heben ab und werden vom lauen Wind davongetragen.
Er sitzt auf dem Boden des Balkons und bläst das fünfte Kondom zu einem Luftschiff auf, so, jetzt hebt Hindenburg V ebenfalls ab.
Er wischt seine klebrigen Finger an der Hose ab.
Das reicht, denkt er, für die übrigen fünf muß ich mir was anderes überlegen.
Plötzlich hat er eine Idee.
Er geht in die Wohnung und holt eine Stecknadel, die neben Mamas Nähmaschine liegt. Damit sticht er vorsichtig in die erste kleine Kondomverpackung.
Er betrachtet sein Werk. Von außen ist nichts zu sehen. Gut.
Er nickt zufrieden und punktiert dann die übrigen vier Kondome, legt sie in die Packung zurück, steckt die Packung in einen braunen Umschlag und schreibt auf den Umschlag:
HAVE A NICE TIME
Ich weiß, wem ich diesen Brief schicke, denkt er und lächelt böse.
Er nickt. Vielleicht habe ich Leben geschenkt, denkt er.
Dann überlegt er.
Vielleicht auch Tod, denkt er, zuckt aber nur die Schultern und geht in sein Zimmer zurück.

Nachdem er den Umschlag in die unterste Schublade gesteckt hat, lehnt er sich zurück und schließt die Augen.
Der Film läuft weiter, und das Telefon steht weiterhin im Regal und schweigt.

Vorbereitungen für Herztrost

Es kann kein Zufall gewesen sein. Auf jeden Fall nicht alles.
Es muß eine Absicht dahintergesteckt haben.
Irgend jemand muß es beabsichtigt haben.
Es muß einen Drehbuchautor gegeben haben. Aber wer kann das gewesen sein? Es kann nicht nur Zufall gewesen sein ...
daß ihre Mutter im Juni die Nachtschicht im Krankenhaus übernahm und
daß der letzte Schultag zum ersten Mal in der Weltgeschichte ein Montag war und
daß Mama, Krister und Hanna am letzten Wochenende vor den Sommerferien ins Wochenendhaus fuhren
und daß er daheim blieb, um für die USA-Reise zu packen,
und daß er sie ausgerechnet an diesem Freitag auf dem Heimweg im Bus traf
und daß sie erzählte, ihre Mutter arbeite oder schlafe das ganze Wochenende,
und daß er erzählte, er sei das ganze Wochenende allein zu Hause,
und daß sie sagte:
»Heute abend bin ich auf einer Abifete. Aber morgen abend könnte ich zu dir kommen. Es ist eigentlich unnötig, daß meine deutsche Grammatik den ganzen Sommer bei dir rumliegt. Wo du doch in den USA bist und so. Also könnte ich sie bei der Gelegenheit abholen. Oder hast du andere Pläne?«

Nein, allzu viele Fäden liefen dort zusammen. Das können nicht nur Zufälle gewesen sein.
Aber wer hatte das Drehbuch geschrieben? Und was war der Sinn, der dahintersteckte? Gab es einen Sinn?

»Oder hast du andere Pläne?«
»Morgen abend?«
Er tat so, als würde er nachdenken.
»Nein ... nein, nichts Besonderes ...«
Sie sagte: »Dann komm ich irgendwann nach acht. Wenn meine Mutter zur Arbeit gefahren ist.«
»Okay. Gut«, sagte er.
Und sie stieg aus, und er beschloß, Kondome zu kaufen. Sicherheitshalber.

Er hatte bisher noch nie Kondome gekauft. Heutzutage hat doch kein Mensch Probleme damit, Kondome zu kaufen? Es gibt doch bestimmt keinen Menschen, der das peinlich findet? Wieso sollte das peinlich sein? Ist doch was ganz Natürliches. Schon in der sechsten Klasse lernen die Kinder ja, daß Kondome eine prima Sache sind. Und wichtig.
Eine Packung Kondome zu kaufen ist genauso einfach, wie einen Liter Milch zu kaufen. Man braucht bloß in einen Laden zu gehen, sich das Gewünschte zu nehmen und an der Kasse zu bezahlen.
Tschüs, Mama, muß nur mal kurz runter und fürs Wochenende ein paar Kondome kaufen.
So ungefähr müßte man zu seiner Mutter sagen können.
Eine ganz natürliche Sache.
Er seufzte.
Den ganzen Nachmittag hatte er sich selbst einzureden versucht, daß er eine höchst natürliche Sache vorhabe, daß er

bloß einen normalen Einkauf machen wolle, über den man sich überhaupt nicht den Kopf zu zerbrechen brauche.
Jetzt stand er im Konsum-Laden und verglich die Preise verschiedener Haarwaschmittel, musterte Rasierklingen und Rasierschaum und näherte sich unmerklich langsam dem Gestell, an dem die Kondompackungen hingen.
Gleich nachdem er von der Schule heimgekommen war, war er zu einem Kiosk geradelt, wo es einen Kondomautomaten gab. Denn obwohl es genauso natürlich war, Kondome zu kaufen, wie wenn man fettarme Milch kaufte, erschien es ihm noch einfacher, nur ein paar Kronen in einen Automaten zu stecken und so das zu bekommen, was er haben wollte. Ohne etwas sagen zu müssen und ohne irgendwelche Blicke. Der Automat war natürlich eingeschlagen und geplündert gewesen.
Danach war er nacheinander in drei verschiedenen Supermärkten gewesen, aber in allen dreien lagen die Kondome mit Zigaretten und Tabak neben der Kasse, so daß man zu der Kassiererin sagen mußte:
»Hrm. Und dann noch eine Packung von diesen da.«
Oder:
»Welche Sorte Kondome ist die beste? Welche Sorte benützen Sie selbst? Aha, gut, dann nehme ich eine blaue Packung ... Wieviel macht das?«
Oder so ähnlich.
Aber im ersten Supermarkt war die Kassiererin sehr hübsch und sehr weiblich,
und im zweiten kannte die Kassiererin seine Mutter,
und im dritten kam ein Mädchen aus seiner Klasse und stellte sich in dem Moment hinter ihm in die Schlange, als er gerade bereit war zuzuschlagen. Rasch änderte er seine Pläne:
»Eine Packung ... äh ... eine Schachtel Prince.«

»Seit wann rauchst du?« fragte seine Mitschülerin.
»Nur am Wochenende. Bin heut abend zu einer Abifete eingeladen«, log er.
»Ach so.«
Das war der Grund, warum er jetzt im Konsum stand, einen Einkaufskorb in der Hand hielt und sich langsam, aber sicher den Kondomen näherte. In dem Korb lagen eine Tüte Chips, eine Tüte Käsestangen und ein Liter Dickmilch.
Jetzt. Jetzt stand er direkt vor den Kondomen. Ein rascher Blick nach rechts, ein rascher Blick nach links, und schon hatte er eine Packung an sich gerafft und unter der Chipstüte versteckt.
Bitte sehr. Das reinste Kinderspiel.
Jetzt brauchte er bloß noch zu bezahlen.
An der Kasse saß ein Mann. Gut.
Das reinste Kinderspiel.
Aber ...
Er blieb stehen und stellte den Einkaufskorb ab. Was ist, wenn ich bei der Kasse ankomme, dachte er, und alles auf dem Laufband aufreihe:
eine Tüte Chips
einen Liter Dickmilch
eine Tüte Käsestangen
eine Packung Kondome.
Was ist, wenn der Kassierer dann vielsagend lächelt und mir zuzwinkert und sagt:
»Aha, mir scheint, heut abend wird gestippt?«
Er seufzte, ging in den Laden zurück und fluchte vor sich hin: »Verdammte Scheiße, verdammte!«
Das hier schaffte er einfach nicht.
Heutzutage findet jeder schwedische Jugendliche es völlig natürlich und normal, im Konsum Kondome zu kaufen.

Es war nicht normal.
Mit schweißnassen Händen wanderte er in die Naturkostabteilung. Dort stellte er den Einkaufskorb vor Naturreis und grünen Linsen auf den Boden, hockte sich hin, sah sich rasch um und schob die Kondompackung in sein Jackett.
Den Korb ließ er stehen, als er zum Ausgang ging.
Um den Kassierer nicht mißtrauisch zu machen, kaufte er eine Abendzeitung.
»Sonst nichts?«
»Nein, danke.«

So!
Das reinste Kinderspiel.
Jetzt hatte er Kondome. Das war doch nichts Besonderes, oder?
Jetzt war er bereit.

Ein Laken

Und was macht er jetzt? Spielt er etwa Gespenst?
Er hockt auf seinem Bett und hat sich ein Laken über den Kopf gezogen. Seltsame Geräusche dringen unter dem Laken hervor. Weint er etwa schon wieder? Wenn er so weitermacht, hat er gute Chancen, im Guinness-Buch der Rekorde zu landen: Die größte Tränenmenge an ein und demselben Abend.
Zwei Eimer hat er schon vollgeweint. Und dabei hat der traurige Teil des Films noch gar nicht angefangen.
Warum bringt ihn ein Laken zum Weinen?
Was nimmt er dort unterm Laken für Gerüche wahr? Spürt er den Geruch von zwei schweißnassen Leibern? Von Schweiß und anderen Flüssigkeiten, die der menschliche Körper ausscheiden kann?
Spürt er noch einen schwachen Duft nach Zitrone?
Jetzt zieht er das Laken herunter und breitet es auf dem Boden aus. Steht still und starrt es an.
Was sieht er? Sieht er den Abdruck eines nackten Körpers? Sieht er die Abdrücke zweier nackter Körper? Sieht er Flekken? Blut, Schweiß und Tränen?
Nein, kein Blut.
Nur für einen der beiden war es das erste Mal.
Er schließt die Augen und nickt. Jetzt ist er soweit. Wie wird man ein Laken los? denkt er. Man kann es verbrennen. Zerschneiden. In Fetzen reißen. Es in den Müllschlucker ...

Eine Wäsche genügt, denkt er. Das genügt. Also trägt er das Laken in die Waschküche hinunter. Wäscht sonst noch jemand so spät am Samstag abend? Niemand.
Niemand außer ihm.
Er stopft das Laken in eine Waschmaschine, füllt überreichlich Waschmittel ein und stellt den Schalter auf Kochwäsche, neunzig Grad.
So.
Die Maschine pumpt Wasser hinein und kommt brummend in Gang.
Wasche, Waschmaschine, wasche! Wasche alle Erinnerungen daran weg, was sich auf diesem Laken abgespielt hat!
Können Laken sich erinnern?
Wenn, dann wasche die Erinnerung des Lakens heraus, denkt er. Wasche es blendend weiß und leer.

Das Telefon hat geschwiegen, während er in der Waschküche gewesen ist. Es schweigt immer noch, als er sich wieder an den Schreibtisch setzt.

Oh, Herztrost, oh

Kann man diesen Abschnitt nicht einfach vorbeispulen lassen?
Nein! Der ganze Film muß es sein. Die lange, unzensierte Version.
Aber diese Szene anzuschauen fällt ihm am allerschwersten.
Und dennoch ist es die Szene, die er am häufigsten angeschaut hat. Gleichzeitig ist der Film ausgerechnet wegen dieses Abschnitts nicht jugendfrei.

Sie kam.
Endlich wurde es Samstag abend, es läutete an der Tür, er ließ es zweimal läuten, bevor er öffnete, und dann stand sie da.
»Hallo«, sagte sie und trat ein. »Was hast du heute gemacht?«
Er hätte antworten können:
06.37 Aufstehen. Obwohl er allein zu Hause war und es Samstag war.
07.12 Alles für die USA-Reise fertiggepackt.
07.34 Frühstück. Wie immer Dickmilch.
08.52 Gedacht: Bestimmt kommt sie nicht. Das hat sie nur so gesagt. Sie hat es gar nicht so gemeint. Sie hat schon vergessen, daß sie das gesagt hat.
09.25 Gedacht: Bestimmt kommt sie nicht. Ich kann genausogut aufhören, auf sie zu warten. Sie kommt nicht.
10.03 Versucht, die Hitparade anzuhören.

10.21 Radio ausgemacht.
10.22 Angefangen, Autos zu zählen, die draußen auf der Straße vorbeifuhren. Tabellen über Autofarben angelegt. Weiß hat natürlich gewonnen. Vor Rot. Weiß und Rot waren Sieger.
13.50 Zwei Bananen gegessen.
14.03 Aufs Klo gegangen.
15.45 Glotze angemacht und versucht, einen alten Schwarzweißfilm mit Dick und Doof anzugucken.
16.06 Glotze ausgemacht.
16.20 Wieder Autos gezählt. Ungewöhnlich viele waren schwarz.
17.11 Ein schönes Diagramm über die Autofarben-Statistik gemacht.
17.59 Paß und Visum überprüft. Festgestellt, daß das Paßbild einen jugendlichen Kriminellen zeigt.
18.15 Essen aufgewärmt, das Mama aus der Tiefkühltruhe geholt hat. Auf der Dose stand »Indonesischer Fleischeintopf 2 Port.«
18.29 Gegessen. Passabel geschmeckt.
18.35 Gespült.
18.47 Im Flur auf einen Schemel gehockt. Gedacht: Wahrscheinlich kommt sie nicht.
19.47 Immer noch auf dem Schemel. Gedacht: Bestimmt kommt sie nicht.
20.00 Gedacht: Wenn sie in einer Viertelstunde nicht kommt, dann kommt sie bestimmt nicht.
20.15 Gedacht: Ich geb ihr noch fünf Minuten.
20.19 Jemand klingelt an der Tür. Fahre hoch, warte aber noch, bevor ich aufmache.

Ja, so hätte er antworten können.
Er hätte auch sagen können:

»Ich hab gewartet und gewartet.«
Dann hätte er auch nicht gelogen. Doch statt dessen sagte er: »Ich hab mein Zeug für die USA gepackt. Und ... ja ...«
Sie nickte und ging voraus in sein Zimmer. Dort machte sie es sich auf seinem Bett bequem und zog die Knie unters Kinn.
»Also«, sagte sie mit einem Lächeln.
Er schwieg. Ausnahmsweise lockte sie nicht eine Menge Wörter aus ihm heraus. Alle Wörter waren verschwunden.
»Das hier wirkt ja lebensgefährlich«, sagte sie. »Mit einem jungen Mann allein! Und außerdem noch an einem Samstagabend. Davor hat meine Mutter mich schon immer gewarnt.«
Er schwieg noch intensiver. Im Zimmer war es so still, daß eine Stecknadel, die zu Boden gefallen wäre, wie ein Schuß aus einer Knallpulverpistole geklungen hätte.
Sie lächelte über sein Schweigen.
Sie lächelte ein Mona-Lisa-Lächeln.
Die Kondome hatte er unters Kopfkissen geschoben. Im Moment kamen sie ihm so fern vor wie der Andromeda-Nebel. Aber der Zauber wurde gebrochen. Die Lähmung ließ nach.
Es begann mit einem spöttischen Lachen:
»Hast du Glubsch-Suppe gegessen?«
»Hrm«, krächzte er. »Nein ... indonesischen Tiefkühleintopf – hat aber nicht besonders geschmeckt ... hrm ... und zwei Bananen ...«
»Hab heute auch nichts Rechtes gegessen«, sagte sie. »Und jetzt hab ich plötzlich einen Riesenkohldampf. Sollen wir uns was zu essen machen?«
»Na klar«, sagte er und fand seine Sprache wieder. »Wenigstens Tee und belegte Brote. Ich koche den besten Tee in der ganzen Stadt.«
»Und ich backe die besten Scones von ganz Schweden«, erklärte sie fröhlich.

»Und bei uns gibt es die beste Schwarze Johannisbeermarmelade von ganz Skandinavien!«
»Und ich bin Weltmeisterin im Serviettenfalten. Den Sterbenden Schwan kann ich mit verbundenen Augen falten.«
»Also gut, du backst Scones und faltest Servietten, dann koche ich Tee und mach das Marmeladeglas auf. Komm.«
Zusammen rannten sie in die Küche.

Eine Stunde später saßen sie einander am Küchentisch gegenüber.
»Mmm! Kein Wunder, daß du schwedische Scones-Meisterin bist. Schmeckt super. Mmm«, sagte er und wischte sich ein paar Krümel von der Wange. »Aber von dem Schwan bin ich doch ein bißchen enttäuscht. Der erinnert eher an eine ... eine ... ja, an eine zerknautschte Serviette.«
»Sind die falschen Servietten«, sagte sie mit dem Mund voller Marmeladescones. »Die falsche Farbe. Rote Schwäne kann ich nicht falten.«

Zwei Stunden später saßen sie einander immer noch am Küchentisch gegenüber. Redeten und lachten und redeten und lachten und redeten.

Drei Stunden später sagte er:
»Was hältst du vom Geschirrspülen?«
»Sehr viel«, sagte sie. »Ich setz mich hierher und schau dir dabei zu.«
Sie hüpfte auf die Spüle hinauf und blieb mit baumelnden Beinen dort sitzen, während er den Tisch abräumte, Krümel wegwischte und anfing, das Geschirr abzuwaschen. Während sie ihn betrachtete, kam das Mona-Lisa-Lächeln zurück.
»Du bist echt süß, wenn du abspülst.«

»Quatsch«, murmelte er und wrang das Spültuch aus.
»Doch, das ist wahr«, sagte sie. »Du bist so süß, daß man dich auffressen könnte.«
»Quatsch.«
»Komm mal her.«
Irgend etwas war mit ihrer Stimme passiert. Der Unterschied war sehr klein, aber er bemerkte ihn.
»Komm her«, wiederholte sie. Er stellte sich vor sie hin. Sie öffnete ihre Knie für ihn.
»Komm näher«, flüsterte sie. »Komm näher, damit ich probieren kann, wie du schmeckst.«
Der erste Kuß von vielen.
Das erste Mal, daß ihre Lippen sich trafen. Das erste Mal, daß ihre Zähne klappernd aneinanderstießen.
»Mmm.« Sie nickte zufrieden. »Du schmeckst so gut, wie du aussiehst.«
Jetzt wollte er nicht mehr reden. Jetzt wollte er küssen.
Und küssen und küssen und küssen und küssen und küssen.
»Warte«, sagte sie mit der Hand an seiner Wange. »Ich muß mal kurz Luft holen. Warte ...«
Er nickte dämlich und streckte sich.
»Au. Ich hab mir den Nacken verrenkt. Au ...«
»Unbequeme Arbeitshaltung.« Sie lächelte.
»Mm ...«
»Sollen wir nicht lieber in dein Zimmer gehen?« schlug sie vor. »Deswegen braucht es ja nicht gleich gefährlich zu werden, oder?«
Er schüttelte eifrig den Kopf.
»Also, komm!«
Sie nahm seine Hand und zog ihn mit sich ins Zimmer zurück. Dort hüpfte sie wieder auf sein Bett, er aber blieb wie angewurzelt vor ihr stehen.

Sie saß auf seinem Kissen!
Schneller als mit Lichtgeschwindigkeit war die blaue Pakkung mit den Kondomen durchs Weltall gereist. Jetzt war sie fast angelangt, aber dennoch unendlich weit weg.
»Eine Krone für deine Gedanken«, sagte sie lächelnd.
»Okay. Aber das Geld zuerst.« Ebenfalls lächelnd streckte er ihr die Hand hin.
Sie zog ihn an sich.
»Komm. Ich massiere dir deinen verrenkten Nacken.«
»Zuerst mußt du mich küssen.«
Aber sie küßte ihn nicht, sondern legte ihre Hände an seine Wangen und sah ihn mit ernsten Augen an.
»Das hier ist ein Irrtum«, sagte sie.
Er schüttelte den Kopf.
»Doch, es ist ein Irrtum«, sagte sie.
Er nickte.
»Von mir aus, dann ist es eben ein Irrtum. Küß mich jetzt.«

Komisch, dachte er hinterher, daß ihm das gar nicht komisch vorgekommen war. An jenem Abend war ihm überhaupt nichts komisch vorgekommen.
Alles war ganz selbstverständlich gewesen. Das fand er komisch. Hinterher. Als er den Film anschaute. Und als er den Film anschaute, merkte er auch, daß sie das mit dem Irrtum gesagt hatte.

Nachdem sie seinen Nacken massiert hatte, begannen ihre Finger, andere Teile seines Körpers zu untersuchen.
Und seine Finger begannen, ihren Körper zu untersuchen.
Für seine Finger war das eine neue Bekanntschaft.
Sie war weich. Und an manchen Stellen war sie ein wenig feucht.

Er begann sie auszuziehen.
Sie begann ihn auszuziehen.
Bald hatten sie sich gegenseitig ganz und gar ausgezogen.
Sie war so weich und ein wenig feucht.
»Mir scheint, jetzt wird's doch gefährlich«, sagte sie und schob ihn mit den Händen auf seinen Schultern von sich weg. »Ich hätte lieber auf meine Mutter hören sollen.«
»Ich bin ganz ungefährlich«, beteuerte er und wollte das fortsetzen, was er gerade getan hatte.
»Aha? Und was guckt dann da herauf?« sagte sie und nickte zu seinem Bauch hinunter.
Er schielte an sich selbst hinab.
»Ach, der da! Der ist ebenfalls total ungefährlich«, sagte er und versuchte, sie auf das Bett zu kippen.
»Warte mal eben«, sagte sie und glitt von ihm weg. »Muß vorher noch Pipi machen. Zuviel Tee ...«
Als sie aus dem Zimmer gegangen war, zog er den Überwurf vom Bett und kroch unter die Decke.
Hier liege ich in meinem Bett und warte auf meines Herzens Trost, dachte er.
Und das ist überhaupt kein komisches Gefühl, dachte er dann. Unter seinem Kopf, unterm Kopfkissen, lag eine Packung Kondome. Inzwischen war die Packung hier gelandet.
Und sie kam zu ihm und kroch neben ihm ins Bett und öffnete sich für ihn und ...
»Aber ... aber ...« stotterte er und riß sich von ihr weg.
Er setzte sich hin und strich ihr mit dem Zeigefinger über den Bauch, zeichnete einen Ring um ihren Nabel, dann noch einen und noch einen.
»Was ist?« fragte sie.
Ihr Kopf auf dem Kissen.
»Kann ... kann man ... kann man denn davon nicht schwan-

ger werden?« stotterte er und wagte es nicht, ihr in die Augen zu schauen.
Sie lachte, aber nicht höhnisch, sondern lieb.
Dann sagte sie:
»Nein. Mann kann nicht schwanger werden. Frau kann schwanger werden. Aber ich werd dir was zeigen.«
Sie krabbelte aus dem Bett, trat ans Fenster und zog das Rollo hoch.
»Was siehst du?« fragte sie mit dem Rücken zu ihm.
»Dich«, antwortete er glücklich. »Und du hast keine Kleider an.«
Sie drehte sich zu ihm um.
»Du hast übrigens auch keine Kleider an. Aber das meine ich nicht, du mußt den Himmel anschauen. Was siehst du da?«
Er sah zum Nachthimmel hinaus.
»Einen Mond«, sagte er. »Der ganz voll ist.«
»Genau.« Sie nickte. »Vollmond. Und wenn Vollmond ist, ist meine Fruchtbarkeit am geringsten. Bei Vollmond kann ich nicht schwanger werden. Rein biologisch ist das unmöglich. Vertrau mir.«
Ihr vertrauen? Wenn sie gesagt hätte, er könne fliegen, hätte er das Fenster aufgemacht und sich hinausgeworfen.
Sie zog das Rollo wieder herunter und kam zu ihm her.
»Und wenn du Angst hast, daß ich dich irgendwie anstecken könnte«, sagte sie ernst, »also, das kann ich nicht. Und du … du kannst mich wohl auch mit nichts anstecken, oder?«
»Nein, nein …«
Sieben Sekunden. Schweigen und Gedanken.
»Komm doch«, sagte er dann. »Worauf wartest du?«
Lebt wohl, ihr Kondome! Ihr könnt Tellus verlassen und euch auf den Weg in die nächste Galaxie machen. Fünf, vier, drei, zwei, eins, null …

Das erste Mal.
Das erste Mal in seinem Leben.
Und in fünf Sekunden war es vorbei.
»Oh ...«
Er wagte sie nicht anzusehen.
»Verzeih mir«, murmelte er mit dem Gesicht im Kissen.
Sie drehte sein Gesicht zu sich um und musterte ihn.
»Dummkopf«, sagte sie liebevoll. »Wofür entschuldigst du dich denn? Es dauert immer eine gewisse Zeit, bis man sich gegenseitig kennengelernt hat, auch auf diesem Gebiet.«
Es dauert nur eine gewisse Zeit.
Er nickte.
Er wollte sie liebend gern kennenlernen. Auf diesem Gebiet.
»Du bist so wonnig«, sagte sie und ließ ihre Finger auf seinen Lippen ruhen.
Wonnig?
Hatte ihm jemals jemand gesagt, daß er wonnig war?
Er überlegte.
Mama vielleicht, als er ein kleines Baby gewesen war und sie ihn gebadet und seinen schweren Kopf mit der einen Hand hochgehalten hatte.
Hatte sie das damals gesagt:
»Du bist so wonnig.«
Vielleicht. Doch das wußte er nicht. Daran konnte er sich nicht erinnern.
»Du bist so wonnig«, flüsterte sie wieder.
Das gefiel ihm.
Davon wurde ihm warm.
Und er sagte das einzige, was es zu sagen gab:
»Nein, *du* bist wonnig.«
Und das meinte er ernst.
»Du bist so weich«, sagte sie und ließ ihre Finger an seinem

Hals entlangwandern, hinab auf seine Schulter und seine Brust. »Du bist weich wie ein Baby.«
»Nein, *du* bist weich«, sagte er.
Und das meinte er ernst.
Sie war so wonnig und weich wie niemand sonst.
So wonnig und weich und ein wenig feucht.

»Was ist?«
Wortlos kletterte er aus dem Bett und trat ans Fenster.
»Was machst du?« wollte sie wissen.
Er schwieg, bis er wieder bei ihr im Bett war.
»Herztrost«, sagte er dann und hielt ein paar Blätter hoch, die er von der Pflanze auf dem Fensterbrett abgepflückt hatte. »Herztrost für meines Herzens Trost.« Er zerrieb zwei Blätter zwischen den Fingern und strich ihr dann mit einem Finger hinters linke Ohr.
Schweigend und mit großem Ernst rieb er ihr dann Herztrost
unters Kinn
und auf die linke Brust
und auf den Bauch
und auf den linken Hüftknochen
und auf das linke Knie
und auf alle Zehen des linken Fußes
und auf alle Zehen des rechten Fußes
und auf das rechte Knie
und auf den rechten Hüftknochen
und wieder auf den Bauch
und auf die rechte Brust
und auf die rechte Schulter
und wieder unters Kinn
und zuletzt hinters rechte Ohr.

Sie blieb die ganze Zeit still auf dem Rücken liegen, erst als er fertig war, hob sie den Kopf vom Kissen und fragte kichernd:
»Was treibst du eigentlich? Willst du mich aufessen? Nachdem du mich jetzt so schön gewürzt hast ...«
»Mmm.« Er nickte und küßte ihre Zehen und ihre Knie und ihre Hüften und ihren Bauch und ihre Brüste und ihre Schultern und ihr Kinn. Zum Schluß küßte er sie hinter die Ohren.
»Mmm. Du schmeckst nach Zitrone.«
»Sauer wie eine Zitrone?«
»Lecker wie eine Zitrone!«
»Weißt du, was mir als erstes an dir aufgefallen ist?« fragte er etwas später.
Sie nickte.
»Also gut, nach den Haaren?« sagte er.
Sie schüttelte den Kopf.
»Dein Ohr«, sagte er.
»Mein Ohr? Aber ich hab doch zwei. Ist dir nur das eine aufgefallen?« fragte sie belustigt.
»Ja. Das rechte. Das da.«
»Au ...«
»Und weißt du, was mir an dir zuerst aufgefallen ist?« fragte sie.
»Nein.«
»Daß du mich im Bus dauernd angestarrt hast. Der da, der will wohl ein Paßbild von mir, hab ich gedacht.«

Das zweite Mal.
Sie begann tatsächlich leicht die Augen zu verdrehen, bevor er es nicht mehr zurückhalten konnte.
Danach war er schweigsam und enttäuscht.

»Was ist?« fragte sie mit der Hand auf seinem Nacken.
»Ich will ... ich will doch ... daß es für dich auch schön ist«, murmelte er.
»Dummkopf«, sagte sie genau wie beim ersten Mal, »ich hab doch schon gesagt ... Beim ersten Mal klappt es nie. Man muß sich erst gegenseitig kennenlernen. Das hab ich doch gesagt ...«
Ihre Worte bissen sich fest: Beim ersten Mal klappt es nie. *Nie.*
Mit wie vielen Jungs war sie schon zusammengewesen, um das zu wissen? Um »nie« sagen zu können?
Mehr als zwei, das war ja klar. Vier? Sieben? Dreißig?
Eine Ratte mit scharfen Zähnen begann an seinem Herzen zu nagen. Au, das tat weh ... Er sah dreißig Jungs vor sich aufgereiht stehen.
Au, das tat sehr, sehr, sehr weh ...
Beinah wären ihm die Tränen gekommen, bevor ihm einfiel, was sie außerdem gesagt hatte:
Beim ersten Mal klappt's nie, hatte sie gesagt. Und das enthielt ein Versprechen von einem zweiten Mal, einem dritten Mal und noch vielen Malen.
Das Leben ist wunderbar.
»Woran denkst du?« fragte sie lachend. »Du siehst so glücklich aus.«
»Ich denke an Fix und Foxi.« Er lachte und küßte ihre Nasenspitze.
Zwischen zerknitterten, naß geschwitzten Laken schliefen sie eng umschlungen ein.
Er konnte sich nicht daran erinnern, eingeschlafen zu sein, wachte aber nach nur einer Stunde Schlaf im Morgengrauen auf.
Er erhob sich auf dem Ellenbogen und betrachtete die junge

Frau, die auf seinem Kissen schlief. Mit geöffnetem Mund lag sie auf der Seite und hatte das eine Knie beinahe bis unters Kinn hochgezogen.
Sanfte Freude breitete sich in ihm aus.
Ich habe dich schlafen sehen, dachte er.
Ich habe dein rotes Haar auf meinem Kissen gesehen, dachte er.
Ich habe dein rotes Haar auf meinem Kissen schlafen sehen, dachte er und schlief wieder ein.

»Du ...«
Sie flüsterte mit dem Mund an seinem Ohr.
»Wach auf. Wach auf, mein schöner Freund ...«
Er schlug die Augen auf.
Frisch geduscht und angezogen kniete sie neben dem Bett.
»Was ist?« fragte er verschlafen. »Wie spät ist es? Wo bist du gewesen?«
»In deinem Bett. Und es ist halb acht. Ich muß nach Hause, bevor meine Mutter von der Arbeit kommt. Dann braucht sie sich keine Sorgen zu machen. Und ich brauche nicht zu lügen.«
»Geh nicht«, murmelte er. »Bleib hier.«
»Kann ich nicht.«
»Wann sehen wir uns wieder?« fragte er und richtete sich im Bett auf. »Geh nicht ...«
»Heute bin ich verabredet«, antwortete sie. »Aber morgen. Morgen vielleicht?«
»Nein«, sagte er traurig. »Ich fahre gleich nach der Schlußfeier zum Flugplatz. Geh nicht ...«
»Dann sehen wir uns erst nach den USA«, sagte sie. »Schluchz. Aber ein Monat ist schnell vorbei. Vor allem in den Sommerferien.«

»Ein Monat ist eine Ewigkeit«, sagte er. »Ich werde jeden Tag nach dir Heimweh haben. Jede Stunde. Jede Minute. Jede Sekunde. Geh nicht ...«
Sie hätte sagen müssen: Ich werde auch nach dir Heimweh haben. Doch das sagte sie nicht. Sie sagte:
»Du wirst so viele hübsche amerikanische Surferinnen kennenlernen, daß du mich schon nach ein paar Tagen vergißt.«
»An der Ostküste wird nicht gesurft. Glaub ich wenigstens. Und übrigens werd ich dich nie vergessen. Nie im Leben«, sagte er und versuchte, sie festzuhalten. »Geh nicht ...«
Sie umarmte ihn ganz fest.
»Ich muß«, sagte sie und wand sich behutsam aus seinen Armen.
In der Türöffnung drehte sie sich um und blies ihm eine Kußhand zu.
»Vielleicht schreibst du mir eine Ansichtskarte aus den USA?«
»Ich werde dir jeden Tag einen langen Brief schreiben«, sagte er. »Geh nicht ...«
»Bussi«, sagte sie.
Und ging.

Eine zerrissene amerikanische Fahne

Jetzt hält er eine zerrissene amerikanische Fahne im Arm.
Das Sternenbanner.
The star-spangled banner.
Ob der Golfklub in Marblehead sich inzwischen wohl eine neue Fahne zugelegt hat? denkt er und lächelt zum ersten Mal seit langem. Diese hier war ja so alt und zerfetzt, bestimmt hatten sie sowieso vor, die zu ersetzen.
Er hatte die Fahne nie aufgehängt, obwohl er es der Clique versprochen hatte, und jetzt mußte sie verschwinden.
Aber wie wird man eine amerikanische Fahne los?
In den sechziger Jahren hatten die Demonstranten US-Fahnen verbrannt und sich mit der Polizei geprügelt, das hatte er auf Fotos gesehen.
Vielleicht sollte ich meine eigene kleine Fahnenschändung veranstalten, denkt er. Eine kleine private Zeremonie gegen den US-Imperialismus. Das hätte Papa wahrscheinlich gut gefunden.
Nein.
Heute abend wird hier kein Feuer mehr gemacht, entscheidet er. Statt dessen holt er die Handarbeitsschere seiner Mutter und fängt an zu schneiden.
Zwanzig Minuten später existiert das stolze Sternenbanner in seinem Zimmer nicht mehr. Aber dafür liegen auf seinem Schreibtisch:
Sieben lange rote Streifen

Sechs lange weiße Streifen
Fünfzig kleine blaue Quadrate mit je einem weißen Stern darin.
»Goodbye«, sagt er und fegt sämtliche Stoffstücke in den Papierkorb.
Dumme Susan, denkt er dann. Dumme kleine Susan. Und ich selbst war auch ganz schön dumm, daß ich die Gelegenheit nicht genützt habe. Bei einem solchen Angebot. Wenn ich nur gewußt hätte ...
Jetzt scheint es weh zu tun. Jetzt weint er wieder.
Er weint und denkt einen Gedanken, den er schon tausendmal gedacht hat: Wenn ich nicht in die USA gefahren wäre, was wäre dann gewesen? Wäre dann nichts passiert? Wäre dann alles gut gewesen? Wäre dann alles weitergegangen?
Ja, diesen Gedanken hat er schon tausendmal gedacht: Wenn ich nicht in die USA gefahren wäre ...
Es ist ein sinnloser Gedanke, aber er kann ihn nicht wegschieben.
Er denkt ihn noch einmal und weint,
und
das Telefon
schweigt.

Die Briefe an Herztrost

Aus dem ersten Brief an Herztrost:

Alles hier in den USA ist so typisch.
Es ist genau wie in allen Filmen und Fernsehserien, die man kennt. Oder wie in Entenhausen. Die Familie, bei der ich wohne, heißt zum Beispiel Brown. Ist doch typisch, oder? Mr. Brown arbeitet in Boston bei einer Versicherung und verdient eine Menge Dollar! Mrs. Brown hat blaue Haare, und hinterm Brotkasten steht ihre Flasche Martini. Sie redet und stellt eine Menge Fragen und ist immer so überschwenglich NETT, hört aber nie zu, wenn ich antworte. Ich glaube, das ist typisch für blauhaarige Amerikanerinnen. Aber lieb ist sie trotzdem.
Tom, der Sohn des Hauses, The All American Kid. *Er ist fünfzehn und soll sich eigentlich um mich kümmern, scheint es aber nicht besonders lustig zu finden, andauernd einen Schweden auf den Fersen zu haben. Kann ich gut verstehen. Ich habe auch schon ein paar von seinen Kumpels getroffen, und die kommen mir ebenfalls sehr typisch vor. Seine Schwester Jane, 19 Jahre alt, habe ich noch nicht getroffen. Sie wohnt mit ihrem Boyfriend, der Buddhist ist, oben in New Hampshire.*
Auf dem sauber getrimmten Rasen vor dem Haus stehen ein Flamingo aus Plastik und eine Hirschfamilie aus Gips, und jeden Morgen kommt der Zeitungsträger angeradelt

und wirft eine zusammengerollte Zeitung auf den ordentlich gerechten Kiesweg vor der Treppe.
Alles ist so typisch ...
Ich habe Heimweh nach Dir. Bin seit zwei Tagen hier. Noch sechsundzwanzig Tage übrig. Das ist wie eine Strafe. Wie wenn man mich außer Landes verwiesen hätte.
Du fehlst mir.

Aus dem zweiten Brief an Herztrost:

Hier in Marblehead habe ich noch nicht viele Schwarze gesehen. Nicht einmal die Müllmänner sind schwarz.
Und unten am Hafen, beim Klubhaus des Yachtklubs, einem riesigen schloßähnlichen Schuppen aus Holz, sieht man nur braungebrannte Weiße. Dort würde ein Neger wie ein Betrunkener im Kirchenchor wirken (auch ich kenne meinen Leonard Cohen). Nein, nichts als weiße Menschen und weiße Segel. Die Familie Brown hat natürlich ein großes Segelboot, und am Sonntag waren wir segeln. Ich glaube, es war eine Art Wettsegeln. Habe es nicht ganz begriffen. Auf jeden Fall scheinen wir nicht gewonnen zu haben. Aber Mrs. Brown hatte fünfhundert dreieckige Sandwiches aus hellem, teigigem Brot gemacht und in Plastikfolie gewickelt.
Do you want a tuna-sandwich? Do you want a cheese-sandwich? Do you want a sandwich with tomatoes? Or with sliced ham? Or with egg? Or ...? *Ich habe vierhundert Sandwiches gegessen. Und fünfzig Dosen Cola getrunken.*
Am Abend gab es ein Barbecue mit den Nachbarn, und Mr. Brown band sich die Grillschürze um und grillte große Steaks auf dem stromlinienförmigen Supergrill, und alle Nachbarn waren sehr neugierig auf den exotischen Gast aus Schweden und fragten und lächelten und fragten und

lächelten. Aber kein Mensch hörte zu, als ich antwortete. Und kein Mensch wußte etwas über Schweden oder Europa. Schweden, Deutschland, Italien oder Bulgarien, das ist für sie ein und dasselbe. Sie glauben, ganz Europa sei ein einziges großes Land. Seltsam. Dabei gehören sie alle zur gebildeten Mittelschicht. In Schweden weiß jeder Zehnjährige mehr über die USA als das, was sie über Europa wissen ... Ich habe SEHNSUCHT nach Dir. Vorher habe ich keine Ahnung gehabt, was das Wort SEHNSUCHT bedeutet. Jetzt weiß ich es. Noch dreiundzwanzig Tage ...

Aus dem vierten Brief an Herztrost:

Inzwischen habe ich ein anderes USA gesehen. Die Kehrseite. Ich habe ja schon vorher gewußt, daß es etwas anderes gibt als die Villen hier in Marblehead, aber jetzt habe ich es mit eigenen Augen gesehen.
Gestern habe ich Mr. Brown nach Boston begleitet. Mrs. Brown machte sich Sorgen, weil ich allein in der Großstadt herumlaufen würde, aber Mr. Brown sagte, wenn ich mich nur im Zentrum aufhalten und nicht in diesen und jenen Stadtteil fahren würde, sei es nicht gefährlich. Kaum hatte er mich abgesetzt und war zu seiner Versicherung weitergefahren, als ich einen Bus in einen der Stadtteile nahm, vor denen er mich gewarnt hatte.
Als ich ausgestiegen und um eine Straßenecke gebogen war, wäre ich fast mit einem alten Neger zusammengestoßen, der mit blutüberströmtem Gesicht auf mich zugetaumelt kam. Er nuschelte etwas, das ich nicht verstand, und versuchte mich zu packen. Noch nie in meinem ganzen Leben habe ich solche Angst gehabt. Und als ich mich umdrehte, um wegzulaufen, rannte ich zwei grinsenden schwarzen Ju-

gendlichen in die Arme, die Zigaretten von mir wollten. Ich stotterte etwas davon, daß ich nicht rauche, dann gelang es mir, an ihnen vorbeizurennen, und in diesem Augenblick kam der Bus, und ich stürzte hinein und fuhr ins Zentrum zurück. Noch nie im Leben habe ich solche Angst gehabt. Ich werde immer noch ganz zittrig, wenn ich daran denke.
Im Zentrum war es auch nicht viel besser. Ich bin zwischen Fixern, Huren, Bettlern, alten Alkis, alten Tanten, die Papierkörbe durchwühlten, und Jugendbanden hin und her gekreuzt. Außerdem gab es natürlich auch eine Menge glänzender Luxusläden und Bankpaläste.
Wenn Marblehead eine Komödie oder eine Familienserie ist, dann ist Boston ein Krimi oder ein Dokumentarfilm.
Aber ich habe noch nichts zu sehen bekommen, was ich nicht schon in der Glotze gesehen hätte.

Rate mal, nach wem ich Sehnsucht habe. Nach Dir. Habe Sehnsucht Sehnsucht Sehnsucht Sehnsucht nach Dir.
Gestern habe ich Deinen Namen zweitausendmal auf ein Stück Papier geschrieben. Wenn man verliebt ist, kriegt man ein Brett vor den Kopf. Und ich bin verliebt ...

Aus dem siebten Brief an Herztrost:

Weißt Du noch, daß ich geschrieben habe, hier sei alles so typisch und man hätte das Gefühl, alles schon im Fernsehen oder im Kino gesehen zu haben? Jetzt werde ich Dir von dem Allertypischsten erzählen, was ich bisher erlebt habe – von der Jugendclique.
The All American Kid *gibt es in vier verschiedenen Ausführungen:*

1. *Der charmante Lausbub*
2. *Der etwas zu schlimme Draufgänger*
3. *Der brave und dumme Dicke*
4. *Der dünne Streber mit der starken Brille*

Und wenn man diese vier Jungentypen zusammensteckt, bekommt man die typisch amerikanische Jugend-Clique, die man schon in tausend Filmen und Fernsehserien gesehen und von der man in tausend Abenteuerbüchern gelesen hat. Die CLIQUE. Als ich Toms Freunde kennenlernte, glaubte ich zuerst an einen Witz. Tom selbst ist Modell Nr. 1. Ein netter Lausbub, gerade frech und scheinheilig genug, damit alle Erwachsenen schmunzelnd den Kopf schütteln können. Sein bester Freund heißt Steve, Modell Nr. 2. Steve ist ein bißchen zu draufgängerisch, zu forsch, zu wild, der Held des ganzen Viertels. Die Erwachsenen können Steve nicht leiden. Aber alle Mädchen wollen mit ihm zusammensein. Und viele sind es schon gewesen. (Tom wird bestimmt einmal Versicherungsangestellter wie sein Vater. Oder sonstwas Langweiliges. Aber Steve nicht. Der wird eine Art Gauner, ein kleiner Gangster, ein Schieber und Schaumschläger, Penner oder Millionär. Aber eine Grillschürze wird er sich nie umbinden!) Und dann haben wir Buzz, Modell Nr. 3. Der dicke Buzz, der immer etwas kaut und der immer schwitzt und gleich keucht und ächzt, wenn er vom Auto zum nächsten Hamburger mehr als zehn Meter zurücklegen muß. Und schließlich Jeff, Modell Nr. 4. Jeff ist blaß und dünn, und alle halten ihn für ein Genie. Aber ich weiß nicht so recht. Natürlich kann er Kopfrechnen. Und ein Computerfreak ist er auch. Na ja, das ist also die Clique. Als ich die Jungs das erste Mal traf, hätte ich fast laut gelacht. Sie waren so typisch, daß sie mir wie ein Witz vorkamen. Aber inzwischen habe ich sie kennengelernt, und

irgendwie mag ich sie ganz gern, auch wenn ich nicht richtig in die Clique aufgenommen werde, sondern eher wie eine Art Azubi von ihnen geduldet werde.
Die Clique trifft sich jeden Tag, und die Tage verlaufen ziemlich gleich: Wir fahren in Steves großem Buick durch die Gegend, wir fahren an den Strand, wir schwimmen, segeln oder fahren Wasserski (das habe ich inzwischen gelernt, ist nicht schwierig), und dann fahren wir weiter und treffen andere Cliquen und verrenken uns die Hälse nach den Mädchen (aber ich nicht! Ich nicht!), und die ganze Zeit dröhnt das Autostereo in voller Lautstärke. Und die ganze Zeit wird gefuttert, gefuttert und wieder gefuttert. Hamburger und Eis und Gebäck und Pommes und Schokolade und Kaugummi. Dann raucht man Marlboro und schmiedet Pläne fürs Wochenende.
Das Wochenende ist ein Kapitel für sich.
Am Freitagnachmittag fängt es damit an, daß Buzz sich heimlich zu Miss Lewis schleicht und ihr Geld bringt. Miss Lewis ist eine halbverrückte Alte, die den ganzen Sommer in einem dicken Wintermantel rumläuft. Ein Alki ist sie auch. Zwei Stunden später schleicht Buzz sich noch einmal zu Miss Lewis und kommt mit drei klirrenden braunen Papiertüten zurück. In den Tüten stecken zwei Flaschen süßer, starker Apfelwein und mehrere Dosen Bier. Die Jungs haben einen Mordsbammel davor, ihre Eltern könnten dahinterkommen, daß sie Wein und Bier trinken, daher fahren sie am Freitagabend erst kilometerweit, bevor sie es wagen, mit der Sauferei anzufangen. Also landen wir auf irgendeinem verlassenen Friedhof oder irgendwo in der Einöde, wo wir dann saufen und grölen und raufen (ich nicht) und mit Mädchen rumknutschen (aber ich nicht! Ich nicht!), und manchmal werden wir von anderen Cliquen gejagt, und

manchmal jagen wir andere Cliquen, und einmal ist ein wütender Bauer gekommen und hat uns mit der Schrotflinte gejagt. Er sah aus wie der Kater Carlo, und wir sind um unser Leben gerannt.
Dann muß Jeff kotzen, und Buzz schläft im Gebüsch ein.
Schließlich schaut jemand auf die Uhr und stellt fest, daß es höchste Zeit ist, nach Hause zu fahren, und dann werden alle wie durch einen Zauberschlag beinahe nüchtern und bringen ihre Kleider in Ordnung und ziehen Buzz aus dem Gebüsch und fangen an, Mentholtabletten zu lutschen. Dann fahren wir heim und schleichen uns ins Bett.
Jeden Freitagabend das gleiche Programm. Mit einer Wiederholung am Samstag. Am Montag redet man über das vergangene Wochenende, versucht zu klären, was eigentlich passiert ist und was alle getan haben, und am Dienstag beginnt man, fürs nächste Wochenende Pläne zu schmieden...
Nur noch zehn Tage übrig. Ich habe solche Sehnsucht.

Aus dem neunten Brief an Herztrost:

Im Laufe dieser Woche habe ich kein einziges Mal daran gedacht, daß die Ozonschicht dünner wird. Oder an den Hunger und die Ungerechtigkeit auf der Welt. Oder an die Überbevölkerung. Oder an die atomare Bedrohung. Oder an die Zukunft. Lauter Sachen, an die ich sonst denken muß. Ich habe nur an Dich gedacht.
Wahrscheinlich ist es ein Glück, daß nicht alle Menschen gleichzeitig verliebt sind. Daß es ein paar gibt, die noch etwas anderes im Kopf haben. Vielleicht ist es aber auch ein Pech...

Aus dem zwölften Brief an Herztrost:

Heute nacht ist Vollmond. Da muß ich an Dich denken. Weißt Du, warum? Ja, das weißt Du natürlich. Mein ganzes Leben lang werde ich an Dich denken, wenn ich den Vollmond sehe, das verspreche ich Dir. Und ich werde vor mir sehen, wie Du in meinem Zimmer stehst und mir den Vollmond zeigst und erklärst, was der Vollmond für Dich bedeutet.
Dieses Bild sehe ich vor mir wie ein Gemälde.
Morgen fliege ich über den Atlantik. Nach Hause. Ich werde vor diesem Brief daheim sein, aber ich mußte ihn trotzdem schreiben. Wenn dieser Brief in Schweden ankommt, bin ich schon bei Dir gewesen. Das ist beinahe unfaßbar.
    Sei ganz, ganz, ganz, ganz, ganz fest umarmt

Er schrieb zwölf Briefe an Herztrost. Zwölf lange Briefe schrieb er, als Antwort bekam er eine einzige Ansichtskarte:

Hallo!
Habe heute am Strand Deinen dritten Brief gelesen. Hier ist es so warm, daß man am Meer sein muß, um nicht ohnmächtig zu werden. Ich lebe von Eis und Sonnenschein. Wenn wir uns wiedersehen, werde ich braun und dick sein. Komm bald nach Hause! (Wir müssen miteinander reden.)
    Ann-Katrin

Das war alles.
Und dennoch. Für »Komm bald nach Hause!« wäre er fast bereit gewesen, seinen USA-Aufenthalt abzubrechen und nach Schweden zurückzufliegen.
»Komm bald nach Hause!«

Vielleicht war das ein Hilferuf. Oder ein verzweifeltes Flehen. Oder eine Drohung: Wenn du nicht bald zurückkommst, dann ...
(Wir müssen miteinander reden), darüber dachte er nicht so viel nach. (Wir müssen miteinander reden) verstand er erst, als er nach Hause gekomen war.
Ja, innerhalb von vier Wochen schrieb er zwölf Briefe.
Dennoch erzählte er nicht alles.
Vom Laken erzählte er nichts. Daß er jeden Abend mit dem benutzten Laken im Arm einschlief. Er hatte das Laken mitgenommen, auf dem sie zusammen gelegen hatten; jeden Abend im Bett schnupperte er daran wie ein einjähriges Kind mit seinem Schmusetuch oder Teddy.
Jeden Morgen versteckte er das Laken wieder im Koffer.
Er erzählte auch nicht, daß er und Steve in einer hellen, stillen Nacht mitten auf einem See in einem kleinen Boot hustend und kichernd drei Marihuana-Zigaretten geraucht hatten.
»Where did you get them from?« hatte er sich erkundigt.
»Dad's got a secret box. Hidden in a secret place.« Steve grinste. »I took them there. Pass the joint.«
»Does your dad smoke this?« fragte er erstaunt.
»Everybody does«, antwortete Steve und zuckte die Schultern.
Doch das stimmte nicht ganz, Tom und die anderen Jungs rauchten nämlich kein Marihuana.
»Never«, sagte Tom. »No way.«
Alle, auch Steve, waren davon überzeugt, daß Alkohol mehr Spaß mache als Marihuana.
Alle waren davon überzeugt, daß Drogen gefährlich seien.
Alle waren ebenfalls davon überzeugt, daß Marihuana keine Droge sei. Keine richtige Droge.

Die dritte Sache, die er in seinen Briefen ausließ, war Susan. Die hübsche, sommersprossige Susan, die irgendwann vor langer Zeit Steves Freundin gewesen war. Und auch die Freundin vieler anderer Jungs, wie Tom behauptete.
Bereits am ersten Samstagabend landete er mit ihr zusammen auf einem Autoschrottplatz. Sie saßen auf je einem Haufen aus Autoreifen und hatten eine Flasche Apfelwein zwischen sich stehen, während der Rest der Clique fröhlich johlend zwischen den Autowracks herumrannte.
»Have you got a girlfriend back in Sweden?« fragte Susan und trank einen Schluck Wein.
Er nickte.
»Can't I make you forget her? Just for tonight?« fragte Susan und beugte sich zu ihm vor.
»No. I'm sorry.« Er strich ihr lächelnd über die Wange.
Vor seiner Abreise war er sowohl gegen Pocken als auch gegen Mädchen geimpft worden. Der Impfstoff gegen Mädchen hieß Herztrost.
Er hatte ganz einfach kein Interesse. Vielleicht war das der Grund, warum Susan und übrigens auch ein paar andere Mädchen ihn interessant fanden.
Nein, von Susan erzählte er nicht. Und daher konnte er auch nicht erzählen, wie es war, als die Clique ihm zum Abschied eine amerikanische Fahne schenkte.
Am letzten Abend in Marblehead gab die Familie Brown ihm zu Ehren ein kleines Fest, und spät abends, als der Grill erloschen war und es keine Coca-Cola mehr gab, kam Tom und zupfte ihn am Ärmel.
»Hey, Swede, we've got a little surprise for you«, flüsterte er und machte eine geheimnisvolle Miene.
Tom schleppte ihn auf den Dachboden hinauf. Dort war es

stockfinster, doch plötzlich ging das Licht an, und mitten im Raum stand Susan, in eine amerikanische Fahne gewickelt.
Vier rauhe Stimmbruchstimmen stimmten an:
»O say, can you see, by the dawn's early light ...«
Jeff, Buzz und Steve hatten sich dort oben versteckt, und jetzt sangen sie ihm mit Tom zusammen die ganze Nationalhymne vor:
»... land of the free, and home of the brave.«
Susan stand die ganze Zeit daneben, lächelte verführerisch und wiegte sich im Takt des Liedes in den Hüften.
Als die Jungs zu Ende gesungen hatten, sagte Tom:
»It's for you: Undress her!«
Er ging zu Susan hin.
»Have you got any clothes on?« fragte er.
»You'll soon find out«, antwortete sie und reichte ihm einen Zipfel der Fahne zum Festhalten.
Während er die Fahne festhielt, drehte sie sich elegant daraus heraus.
Nein, nackt war sie nicht. Sie trug einen kleinen schwarzen Spitzen-BH und ein enges schwarzes Tanga-Höschen.
Buzz stieß einen Pfiff aus, Tom leckte sich die Lippen, und Jeff verdrehte die Augen.
Aber Susan war nur an ihm interessiert. Sie sah ihm herausfordernd in die Augen, bevor sie sich ihm um den Hals warf und ihren sommersprossigen Körper an ihn preßte.
»It's not too late yet«, flüsterte sie und steckte ihm die Zunge ins Ohr.
Sie roch nach Apfelwein.
»Yes, it is.« Er schob sie lächelnd von sich weg. »I'm sorry.«
Dann drehte er sich zu den Jungs um:
»Thank you, boys. I'll put it on my wall. In my room. In Sweden. Thank you. I'll look at it and remember you.«

»Yeah«, sagte Steve. »But don't show it to anybody here. We stole it down by the club-house. By the golf-course. They'll miss it tomorrow.«
Nein, trotz seiner zwölf Briefe an Herztrost gab es ein paar Dinge, die er nicht erwähnte.
Ein Laken.
Drei Zigaretten.
Die sommersprossige Susan.
Und eine Fahnenzeremonie.

Ein schwarzes Notizbuch

Ein schwarzes Notizbuch mit rotem Rücken und roten Ekken. Ein billiges chinesisches Notizbuch, das er im Supermarkt gekauft hat, bevor er in die USA fuhr.
Er liest darin. Das, was er liest, hat er selbst geschrieben.

> Sie kam aus dem Nebel
> Ihr rotes Haar
> erhellte meinen Morgen
> erhellte meinen Tag

Er zählt an den Fingern. Acht. Vor acht Monaten.
Erst acht Monate ist es her.
Er seufzt tief und blättert im Notizbuch nach vorn.

> Der Tee schmeckte nach Tee.
> Das Brot schmeckte nach Brot.
> Die Marmelade schmeckte nach Marmelade.
> Mein Mädchen schmeckte nach Zitrone.

Eigentlich waren es Scones, denkt er. Kein Brot. Bevor er weiterliest, muß er noch einmal seufzen.

> Ich habe dich schlafen sehen.
> Wer sah? Ich.
> Was sah ich? Dich.

> Was hast du getan? Geschlafen.
> Ich war wach,
> du schliefst,
> und ich sah dich.

Vom nächsten Gedicht gibt es zwei Versionen. Zuerst hat er geschrieben:

> Ich bin in dir gewesen.
> Jetzt bist du in mir.

Dann hat er geschrieben:

> Zweimal
> bin ich in dir gewesen.
> Immer
> bist du jetzt in mir.

Er richtet sich auf dem Stuhl auf und denkt: Nein!
Er schließt die Augen und denkt: Nein!
Vier Minuten lang denkt er Nein!, bevor er die Seiten im Notizbuch umblättert und weiterliest.

> Wenn ich in meinem Bett einschlafe
> bist du da.
> Wenn ich am nächsten Tag aufwache
> bist du da.

> Du bist immer da
> – aber nie hier.
> Und hier ist nicht da.

> Wenn ich Auto fahre
> wenn ich Boot fahre
> wenn ich mein Buch lese
> wenn ich meinen Traum träume
> wenn ich mein Essen esse
> wenn ich meinen Teller spüle
> bist du da
> Und eines Tages wird da hier werden

Auf der nächsten Seite liest er:

> Du öffnest mir Türen.
> Du zeigst mir Welten,
> von denen ich nichts gewußt habe.
> Wenn du dich mir öffnest,
> öffnest du Türen
> in mein Her-

Er klappt das Buch mit einem Knall zu.

Jetzt denkt er böse Gedanken, jetzt sieht er böse Bilder, jetzt sieht er die beiden lesen, nein, natürlich, sie liest und übersetzt, dann kichern sie zusammen und ...
Mit geballter Faust schlägt er auf das Buch.
Au!
Scheißfoxi, denkt er.
Scheißnazi, denkt er.
Und reißt alle beschriebenen Seiten aus dem Notizbuch, zerreißt die Seiten zu kleinen Konfettifetzen, stürzt auf die Toilette und spült die Fetzen hinunter und spült und spült, noch lange nachdem alle Fetzen verschwunden sind.
Das alles macht er wie im Zorn, doch dann geht die Luft aus

ihm raus, und er bleibt lange über die Toilettenschüssel gebeugt stehen.
Schweigt das Telefon in seinem Zimmer?
Ja.

Herztrost jenseits des Atlantiks

Nein, in den USA hat er nicht nur Briefe geschrieben. Er hat auch Gedichte in sein schwarzes chinesisches Notizbuch geschrieben.
Gedichte? Na ja ... vielleicht Notizen. Gedanken. Oder Tagebuchaufzeichnungen. Eine Art Tagebuch war es wohl, denn um ehrlich zu sein, fühlte er sich während seines Monats in den USA nur zur Hälfte anwesend.
Manchmal nur zu 30 bis 40 %.
Und wenn er mit der Wange auf seinem Laken einschlief, nur zu 5 %.
Der Rest von ihm, der Teil, der sich nicht in Marblehead, Massachusetts, befand, war jenseits des Atlantiks bei Herztrost. Daher mußte er schreiben, das war das einzige, was er mit seiner Sehnsucht anfangen konnte.
Ihr schreiben, über sie schreiben, über sich selbst und all das Neue, Unbekannte, das in ihm brodelte, das ihn warm und kalt werden ließ, das ihn jeden Tag im Morgengrauen aufweckte und ihn bis spät in die Nacht wach hielt.
Sie ließ ihm keine Ruhe. Ihre Macht reichte über die Weltmeere.
In den Briefen an sie war er nicht immer ganz ehrlich. Oder genauer gesagt: Er vermittelte kein ganz wahres Bild von Marblehead, Massachusetts, USA. Er vermittelte auch kein ganz wahres Bild von sich selbst in den USA.
Es stimmte nicht, daß alles so typisch war.

Mrs. Brown war überhaupt nicht blauhaarig.
Und Steve hatte keinen Buick. (Dagegen hatte Jeffs großer Bruder einen rostigen Opel.)
Und die Clique existierte nicht. Doch, es gab natürlich eine Clique, aber die Jungs waren überhaupt nicht so filmtypisch, wie er sie beschrieb. In Wirklichkeit waren sie ihm viel zu kindisch, und er war in ihren Augen ein fader Typ. Also war er nicht besonders an ihrer Gesellschaft interessiert, und sie waren nicht besonders an der seinen interessiert. Wenn die Clique mit dem Auto (Opel) unterwegs war oder zum Schwimmen ging, saß er daher meistens im Garten neben dem Flamingo
und las
und schrieb
und träumte
und sehnte sich.
Nein, ganz ehrlich war er nicht in seinen Briefen. Aber in seinen Gedichten-Notizen-Gedanken war er es. Ehrlicher, als er je zuvor gewesen war.
Und alles, was er in das schwarze Notizbuch schrieb, schickte er auch ihr. Das mußte er einfach tun. Das waren Mitteilungen, die direkt aus seinem Herzen kamen. Und daß diese Mitteilungen in ihrem Herzen ankamen, davon war er überzeugt.
Es war unvorstellbar, daß jemand anderes das, was er ihr geschrieben hatte, lesen würde. Dieser Gedanke war unmöglich. Die Chance oder das Risiko, daß dies passieren könnte, hatte nicht einmal 0,05 % Wahrscheinlichkeit.
Daher schrieb er direkt aus seinem Herzen an Herztrost jenseits des Atlantiks.

Ein Paket mit gekräuseltem Geschenkband

Ein echt schönes Paket mit Glanzpapier und gekräuseltem Geschenkband. Ein Paket, das man gern zum Geburtstag kriegen oder am Tag vor Heiligabend unterm Weihnachtsbaum finden und vorsichtig schütteln und drücken würde... Ein echt schönes Paket.
Aber obwohl es vor ihm auf dem Schreibtisch liegt, sieht er nicht glücklich aus, und er drückt und schüttelt es auch nicht voller Neugier.
Nein, er sieht ganz und gar nicht froh aus. Er sieht unglücklich aus. Und neugierig ist er nicht, weil er weiß, was das Paket enthält. Den Inhalt hat er selbst gekauft. Er hat ihn in den USA gekauft, um ihn Herztrost zu schenken. Lange hatte er ein Geschenk gesucht, das schön genug war. Und als er schließlich das gefunden hatte, was jetzt in dem Paket vor ihm liegt, war er zufrieden gewesen.
Warum hat sie das Paket denn noch nicht bekommen? Er hatte es doch mitgenommen, als er gleich am ersten Morgen nach seiner Ankunft zu ihr gestürmt war. Das Paket hatte auf ihrem Küchentisch gelegen.
Warum hat sie es nicht bekommen? Warum liegt es jetzt, immer noch ungeöffnet, auf seinem Schreibtisch?
Jetzt wird sie es nie bekommen, er will es nämlich loswerden. Er nimmt es mit ins Treppenhaus hinaus, geht aber diesmal nicht zum Müllschlucker, sondern einen Stock höher. R. PERSSON steht auf der Tür, vor die er das Paket

stellt. Er drückt zweimal rasch auf die Türklingel und rennt dann wieder hinunter. Aber er schließt die Wohnungstür nicht, er bleibt stehen, lauscht mit angelehnter Tür und hört, wie Rune Persson einen Stock höher seine Tür aufmacht.
»Was? He? Ist jemand da? Hallo! Was ... was ist denn das? He?« grunzt Rune, dann hört man, daß er das Paket aufhebt und es schüttelt. Ganz nüchtern ist er nicht, das hört man auch.
»Hrm. He?« murmelt Rune und bleibt eine Weile in der Türöffnung stehen. Aber als niemand hervortritt und »Glückwunsch!« ruft, verzieht er sich wieder in seine Wohnung und schließt die Tür hinter sich. Das Paket nimmt er mit.
So ist das Paket schließlich bei Rune Persson gelandet. Ob ein einsamer alter Mann sich wohl über ein Armband, original indianisches Kunsthandwerk, und ein dickes Buch auf englisch: *The Complete Leonard Cohen* freuen wird?
Das Telefon schweigt. Das einzige, was in der Wohnung zu hören ist, ist stilles, anhaltendes Weinen.

Herztrost und er und er

Nein, auch diese Szene kann man nicht streichen. Was würde es dann für einen Film geben? Das hier ist keine sentimentale Teenie-Liebesgeschichte, auch kein romantischer Kitschstreifen.
Das hier ist weder *Grease* noch *Die blaue Lagune*. Das hier ist der pure Realismus. Das Publikum soll weinen. Und das Publikum besteht ja nur aus ihm, und natürlich weint er während der ganzen letzten Vorstellung, aber ausgerechnet diese Szene läßt ihn vor allem erröten.
Wie hatte er nur so dumm und blind sein können?
Er schämt sich und errötet und staunt über seine eigene Dummheit, wenigstens am Anfang. Danach tut es weh. So weh, wie es nur tun kann, wenn eine böse Ratte mit scharfen Zähnen an einem Herzen nagt.

> Herztrost, 12. Szene
> Ort: Ihre Wohnung
> Zeit: Früher Morgen
> Personen:
> ER von ihm selbst dargestellt
> HERZTROST dargestellt von Ann-Katrin
> NAZI-HANS gespielt von Hans-Peter Schweizermann

(Nanu? Warum denn drei Rollen? Warum nicht nur zwei? Es sollte doch ihr erstes Treffen nach der USA-Reise werden, und er war schon früh morgens mit seinem schönen Paket zu ihr gestürmt, obwohl er am Abend zuvor erst spät vom Flugplatz gekommen war. Warum drei Rollen?)

Psst! Still!
Wir fangen an! Aufnahme!

KLAPPE!

Er kommt die Treppe heraufgerannt, bleibt vor ihrer Tür stehen, holt kurz Luft, drückt dann auf die Türklingel; als nach fünf Sekunden niemand geöffnet hat, klingelt er noch einmal voller Ungeduld und schließlich noch einmal. Da wird die Tür geöffnet.

HERZTROST:
(Verschlafen, im Morgenrock) Was? Du bist das? Ich hab geglaubt ...

ER:
(Munter) Hallo! Guten Morgen,

                              du Siebenschläferin!
                              Kennst du
                              mich noch?

Er will sie umarmen,
zieht sie an sich, sie
läßt sich umarmen,
wirkt aber eher er-
staunt als glücklich.
Nach einer kleinen
Weile schiebt sie ihn
von sich weg.

                              HERZTROST:
                              Ich hab geglaubt... ich
                              hab geglaubt, daß du
                              erst morgen kommst.

Er will eintreten. Sie
bleibt in der Türöff-
nung stehen.

                              Du hast doch geschrie-
                              ben ... daß du morgen
                              abend kommst ...
                              Oder?

                              ER:
                              Ja, eigentlich sollten
                              wir drei Tage in
                              New York bleiben,
                              aber das ist dann abge-
                              kürzt worden.

Er lacht auf.

                    Du wirkst so nervös.
                    Hast du einen heimlichen Geliebten im Schrank versteckt, oder was ist los?

Sie lacht nicht, legt ihm nur die Hand auf die Schulter.

                    HERZTROST:
                    Komm kurz rein. Ich hab noch nicht gefrühstückt. Komm.

Er folgt ihr in die Wohnung und setzt sich an den Küchentisch, während sie Brot und Butter hervorholt und Teewasser aufstellt. Das Paket legt er neben sich auf den Küchentisch. Er schweigt. Sie schweigt ebenfalls, während sie den Tisch deckt. Schließlich stellt sie zwei Tassen Tee auf den Tisch und

nimmt ihm gegen-
über Platz.

                        HERZTROST:
                        So …

Beide heben ihre Tee-
tassen hoch, pusten
auf den heißen Tee
und trinken vorsich-
tig. Schweigen. Dann
schauen sie hoch.

                        ER & HERZTROST:
                        (gleichzeitig)
                        Du/Hast …

Sie beginnen zu
kichern.

                        ER:
                        Was wolltest du sa-
                        gen?

                        HERZTROST:
                        Nein, sag du zuerst.

                        ER:
                        Hast … hast du meine
                        Briefe bekommen?

HERZTROST:
Ja, sicher. Vielen Dank. Hab fast jeden Tag was am Strand zu lesen gehabt. Hier war eine Mordshitze, ich ...

ER:
(unterbricht sie) Wie viele Briefe hast du gekriegt?

HERZTROST:
Viele.

ER:
Ich hab zwölf geschrieben.

HERZTROST:
(lacht kurz) Dann sind bestimmt noch welche unterwegs ...

Wieder wird es still. Sie steht auf und geht zur Spüle, er folgt ihr, stellt sich hinter sie und versucht, den Gürtel ihres Morgenrocks zu lösen.

HERZTROST:
Nein, laß das, warte ...

Er tritt einen Schritt zurück.

ER:
Was ist? Ist was passiert? Ich ... Was ist los?

Sie dreht sich zu ihm um und legt ihm die Hand an die Wange.

HERZTROST:
Du ... Wir müssen miteinander reden. Du und ich. Komm her und setz dich.

Er hält ihre Hand an seiner Wange fest und küßt dann ihre Fingerspitzen, eine nach der anderen.

ER:
Mmm ... Du schmeckst gut. Immer noch. Genauso gut wie ich ... du ... Ich ...

Er holt tief Luft.

    … ich hab … die ganze Zeit nach dir Sehnsucht gehabt …

Sie zieht ihre Hand
an sich.

    HERZTROST:
    Da gibt es noch etwas,
    das du nicht weißt.
    Ich hab …

    NAZI-HANS:
    (auf deutsch) Guten
    Morgen!

Er fährt zusammen.
Aus ihrem Zimmer
tritt ein braungebrannter, breitschultriger junger Mann mit
kurzgeschnittenen
Haaren. Er trägt ein
offenes kurzärmliges
Hemd und knöpft gerade seine Hose zu,
als er die Küche betritt und seine weißen
Zähne in einem breiten Lächeln zeigt.

HERZTROST:
... Besuch. Das ist Hans-Peter. Ich hab ihn beim Schifahren kennengelernt. Als Lotta und ich in der Schweiz waren. Und jetzt sind er und sein Freund nach Schweden getrampt, um uns zu besuchen. Ich hab dir doch erzählt, daß ich Besuch bekomme, daß Hans-Peter kommt?

ER:
(sperrt verstummt den Mund auf) Öh ...?

NAZI-HANS:
(lächelt, streckt ihm die Hand hin, sagt wieder auf deutsch) Guten Morgen. Servus. Hallo.

Zögernd nimmt er die Hand, die ihm entgegengestreckt wird. Nazi-Hans schüttelt sie energisch.

ER:
Öh ... hallo ...

HERZTROST:
Morgen fahren sie weiter nach Stockholm. Dann fahren sie über Finnland und ...

Er sieht sie verwundert an.

Was ist?

Als er nicht antwortet, wendet sie sich ab und

KLAPPE!
Das reicht, danke. Gut.

Ja, so war es gewesen. Und was ihn erröten läßt, als er diese Szene sieht, ist, daß er nichts kapierte.
Er fand es ärgerlich, daß sie nicht allein war, daß er nicht mit ihr allein sein und von den USA erzählen konnte. Er hatte ihr alles mögliche erklären wollen, was er in seinen Briefen geschrieben hatte, und sie hätte neugierig sein und eine Menge Fragen stellen sollen, und dann hätte er sein Geschenk überreicht und ihr erzählt, wie sehr er sich nach ihr gesehnt hatte und ... und dann hatte er sie natürlich berühren wollen. Sie lieben wollen.
Nichts von alledem konnte er tun, da er nicht mit ihr allein

war. Aber ihm traten keine Tränen in die Augen, weder vor Zorn noch vor Trauer.
Er wurde nicht einmal eifersüchtig.
Er dachte nur: Aha, sie hat einen Freund zu Besuch. Aha. Aber wenn sie das behauptet, dann wird es so sein. Schade. Kann man nichts machen. Wenigstens fährt er morgen wieder ab.
Doch, das ist wahr. So dämlich war er damals.
Das ist tatsächlich wahr.
Also saßen sie zu dritt am Küchentisch, Herztrost und er und er.
»Blablablabla«, sagte er. »Blabla.«
»Blablabla blabla«, sagte Herztrost.
»Wunderbutten wunderbutten«, sagte Nazi-Hans auf deutsch. »Wunderbutten.«
»Wunderbutten«, antwortete Herztrost. »Wunderbutten Wienerschnitzel ...«
»Bla blabla blabla«, sagte er.
Und so weiter.
Er nannte Nazi-Hans nicht einmal in Gedanken Nazi-Hans.
Er nannte Nazi-Hans einfach Hans-Peter, brav und höflich.
Er kapierte nichts.
Er fragte sich nicht, wo Nazi-Hans geschlafen hatte, und wenn er das getan hätte, dann hätte er gedacht: Natürlich auf einer Matratze auf dem Fußboden oder in seinem Schlafsack auf einer Iso-Matte. Ist doch klar. Etwas anderes konnte er sich nicht mal vorstellen.
Das klingt unglaublich, ist aber wahr.
»Vielleicht können wir uns nachher treffen ... oder wie wär's mit heute abend?« schlug er nach einer Weile vor.
»Heute abend gehen wir ins Kino«, antwortete sie. »Lotta und Jürgen und ... ja, Hans-Peter und ich. Und morgen fahren sie ja weiter. Also können wir doch ...«

»Geht ihr um sieben oder um neun? Ich komme mit ins Kino, ist eine gute Idee! Das heißt, wenn es okay ist, natürlich ...?« sagte er und lachte, als hätte er was Komisches gesagt.
Sie lächelte nicht.
Irgend etwas war mit ihrem Lächeln passiert, doch auch das merkte er nicht.
»Von mir aus«, sagte sie schließlich und zuckte die Schultern.
Dann lächelte sie doch ein bißchen.
»Klar kannst du mitkommen. Natürlich. Wir treffen uns vor dem Scala. Um halb neun.«
Er nickte zufrieden.
»Gut. Bestens«, sagte er.
Dann herrschte wieder Schweigen am Küchentisch.
Sie begann abzuräumen, und Nazi-Hans blieb sitzen und lächelte sein blendend weißes Lächeln. Keiner sagte etwas.
Schließlich stand er auf.
»Also, dann verzieh ich mich jetzt nach Hause und hau mich noch ein bißchen aufs Ohr«, sagte er. »Acht Stunden im Flugzeug. Und heute nacht bin ich erst um zwei heimgekommen. Und dann der Jetlag. Bin total am Ende. Eigentlich.«
Damals wußte er noch nicht, wie sehr er am Ende war.
»Bis heute abend um halb neun, ja?«
»Ja.« Sie nickte und sah fragend auf das Paket, das er beim Hinausgehen wieder mitnahm. Er merkte ihren Blick, sagte aber nichts. Jetzt wollte er es nicht überreichen, das mußte bis morgen warten. Die Geschenkübergabe war ebenfalls eine Zweimannvorstellung.
»Tschüs«, sagte er und versuchte seiner Stimme einen intimen Tonfall zu verleihen.

Sie beugte sich vor und gab ihm einen Kuß auf die Wange.
»Tschüs. Bis heute abend.«
Er ahnte ein kleines Lächeln. Und die Ahnung dieses kleinen Lächelns ließ ihn übersehen, daß der Kuß ein Schon-gut-sieh-jetzt-zu-daß-du-endlich-fortkommst-Kuß gewesen war.

Eine Kinokarte

Er faltet die Karte und bläst und bringt einen richtigen Heulton zustande, wie früher in den Kindervorstellungen am Sonntagmorgen. Der Heulton hallt in der Wohnung. Toll.
Er lächelt leicht vor sich hin und wird für ein paar Augenblicke von dem alten Kinogefühl erfüllt, zehn Jahre alte Erinnerungen tauchen in ihm auf und wärmen ihn einen kurzen Moment, bis er sich wieder erinnert ... Der Film, der heute abend gezeigt wird, heißt Herztrost.
Das Kinderglück rinnt rasch von ihm ab. Er sieht die Eintrittskarte wieder an. Und – wie war der Film? Gut oder schlecht? Langweilig oder unterhaltend? Interessant oder sinnlos? Spannend oder schön oder ...?
Er weiß es nicht. Er kann sich nicht daran erinnern. Er war da, er saß da, aber den Film hat er nicht gesehen.
Er kann sich nur daran erinnern, wie seltsam es war, neben Herztrost zu sitzen und dennoch das Gefühl zu haben, daß sie genauso fern war, wie wenn er noch in den USA gewesen wäre. Ein schreckliches Gefühl ...
Ihn schaudert, als er daran denkt.
Und dann. Auf dem Heimweg ...
Hört dieser Film denn nie nie auf?
Eine gebrauchte Kinokarte loszuwerden kann nicht allzu schwierig sein. Im Bücherregal liegt ein Stapel Bücher aus

der Bücherei. Er steckt die Eintrittskarte in das dünnste Buch, ganz hinten unter die Ausleihkarte.
Er hat vor, morgen in die Bücherei zu gehen. Aber vielleicht wird jemand anders seine Bücher zurückbringen müssen ...
Er legt das Buch ins Regal zurück. *Die Leiden des jungen Werther* von J. W. von Goethe. Er legt es neben das Telefon, das immer noch schweigt.

Ehem. Herztrost

Schon um acht stand er vor dem Scala und wartete voller Ungeduld.
Seit dem Besuch am Morgen hatte er auf dem Bett gelegen, hatte aber kein Auge zugemacht, obwohl er todmüde war.
Sein Körper war todmüde, aber sein Herz hellwach. Pochend hellwach.
Jetzt wanderte er rastlos vor dem Kino auf und ab. Nachdem er ein paar Schaufenster links vom Kino angeschaut hatte, ging er zurück und sah ein paar Schaufenster rechts vom Kino an, während er die ganze Zeit zum Eingang hinüberschielte. Er hätte keinen einzigen Gegenstand nennen können, der links oder rechts vom Kino im Schaufenster lag. Er hätte nicht einmal sagen können, was für Läden es gewesen waren. Das heißt, wenn jemand danach gefragt hätte.
Sie kamen erst um Viertel vor neun. Er sah sie schon von weitem, sie unterhielten sich vergnügt, die beiden Schweizer gestikulierten und fuchtelten mit den Armen, und die beiden Mädchen lachten. Er ging ihnen entgegen.
»Hallo ... Guten Abend. Hallo!«
Das Gelächter und die Unterhaltung verstummten.
»Hallo«, sagte Lotta.
Er erkannte sie vom Bus. Sie lächelte freundlich, musterte ihn kurz und sagte dann:
»Hallo. Ich heiß Lotta. Ann-Katrin hat von dir erzählt. Ich glaube, ich hab dich schon im Bus gesehen.«

»Ja.« Er nickte.
»Und das hier ist Jürgen«, fuhr Lotta fort. »Aus der Schweiz.«
»Hallo«, sagte Jürgen und nickte. »Servus.«
»Hallo«, sagte Nazi-Hans.
Jürgen und Nazi-Hans sahen einander ähnlich wie Zwillinge. Nur daß Jürgen dunkle Haare hatte. Beide hätten als Dressmen für eine Sportmodenfirma arbeiten können.
»Jürgen, links, trägt eine karmesinrote winddichte Baumwolljacke mit herausnehmbarem Futter (1295.–) und eine Trekkinghose aus strapazierfähigem, imprägniertem Segeltuch (985.–), während Hans-Peter, rechts ...«
Ja. Vor ihm standen zwei gesunde, kräftige Europäer.
»Tag«, sagte er.
Herztrost kam zu ihm her.
»Hallo«, sagte sie und legte ihm die Hand auf den Oberarm. »Komm, wir gehen rein. Hast du schon eine Eintrittskarte gekauft? Wir waren essen, beim Italiener, daher haben wir uns ein bißchen verspätet. Es hat super geschmeckt. Komm.«
Was? Warum hatte sie nicht gesagt, daß sie essen gehen wollten? Warum hatten sie ihn nicht mitgenommen? Warum ...?
Aber ihre Hand auf seinem Arm ließ seine unausgesprochenen Fragen verstummen und durchströmte ihn mit Wärme. Alles war in Ordnung. Plötzlich war er ganz ruhig.
Ann-Katrin und Lotta hatten mit den Schweizern essen wollen, bevor die beiden weiterreisten. Ein Abschiedsessen. Ganz natürlich.
Er war hundertprozentig vertrauensselig.
Er war auch hundertprozentig dumm und dämlich, doch das wußte er nicht.

Im Zuschauerraum kehrte seine Unruhe jedoch wieder zurück.
Herztrost saß neben ihm, nur ein paar Zentimeter links von ihm, und dennoch war sie unendlich weit weg. Er wollte mit ihr reden, sie berühren, sie streicheln, sie fühlen, sie riechen, sie schmecken. Aber nichts davon konnte er tun. Im Dunkel des Kinos tastete seine Hand nach der ihren.
»Jetzt nicht«, flüsterte sie und legte seine Hand auf seine eigenen Knie zurück.
Nein, von dem Film nahm er nichts wahr.
Als das Licht anging und die Leute aufstanden und sich zum Ausgang drängten, sah er sich verwirrt um und blinzelte, als hätte er geschlafen. War es schon aus? War der Film schon zu Ende?
»Komm jetzt, mehr gibt's nicht.« Herztrost lachte und zog ihn hoch. »Mehr gibt's nicht. Es ist aus. The end. Finito.«

Sie machten sich gemeinsam auf den Heimweg. Er schob sein Fahrrad. Wenn er sein Fahrrad nicht hätte mitschleppen müssen, hätte er den Arm um sie legen können. Das hätte ihm gutgetan. Jetzt konnte er nur dicht neben ihr gehen und versuchen, sich ab und zu an sie zu drücken. Aber sie erwiderte die Geste nicht.
»Wie hat er dir gefallen?« fragte Lotta. »Der Film, meine ich?«
»Öh ...« sagte er dämlich. »Äh ...«
»Eine wirklich erschöpfende Analyse«, sagte Lotta lachend.
»Genau das habe ich auch gedacht. Exakt dasselbe!«
Er sah Lotta anerkennend an. Sie hatte Humor.
»Ich ... ich glaub, ich bin eingeschlafen«, sagte er. »Ich ... ich bin total am Ende.«
Nach der Reise.

Nein, das stimmte nicht.
Er hatte nicht geschlafen, er war wach gewesen. Hatte den Film aber trotzdem nicht gesehen.
Daß er am Ende war, entsprach dagegen der Wahrheit. Doch auch das wußte er noch nicht.
Bald würde er es erfahren.
»Hier machen wir kehrt«, sagte Lotta an einer Straßenecke. »Jetzt verziehen wir uns heimwärts. Tschüs!«
»Gute Nacht«, sagte Jürgen auf deutsch und winkte.
»Bis morgen«, sagte Lotta zu Herztrost.
»Have a nice time«, sagte Herztrost mit verschmitztem Lächeln.
Und dann gingen Lotta und Jürgen eng umschlungen davon, sie küßten sich und lachten und leuchteten geradezu vor Lust.
Er sah ihnen nach und nickte. Ja. Die würden bestimmt *a nice time* haben.
Und in diesem Moment drehte er sich zu ihr um, zu Herztrost. In diesem Moment sah er ihren Blick. Ihren Blick und das Lächeln, das sie Nazi-Hans schenkte.
Die beiden hatten ebenfalls hinter Lotta und Jürgen hergeblickt, jetzt sahen sie einander an und ...
Dieses Lächeln erkannte er wieder. Mona Lisa. Er wußte, was es bedeutete.
Erst in diesem Augenblick gingen ihm die Augen auf.
So lange hatte es gedauert, bis er es kapierte.
Erst in diesem Augenblick begriff er, daß er draußen war. Daß er am Ende war. Daß er aus dem Spiel geflogen war.
Offside. Weg vom Fenster. Draußen.
Erst in diesem Augenblick entdeckte er, daß er blind gewesen war.
Vor ihm tat sich ein Abgrund auf. Er begann zu frieren, zit-

terte, als hätte er Schüttelfrost, schwitzte, scharfe Zähne begannen an seinem Herzen zu nagen, ein schwerer harter Klumpen wuchs in ihm heran, seine Augen füllten sich mit Tränen, er wollte weinen, er wollte um sich schlagen, er wollte ... er wollte gar nichts, er wollte sterben.
»So, für uns wird es jetzt auch Zeit ...« begann Herztrost, doch dann entdeckte sie ihn, wie er mit gesenktem Kopf über sein Fahrrad gebeugt dastand. »Was ist? Bist du krank? Ist dir schlecht? Du ... du bist ja ganz weiß im Gesicht!«
Sie kam zu ihm her, wollte ihn stützen, ihm helfen, aber er schüttelte sie ab.
»Laß mich in Ruhe!«
Sie sah ihn erstaunt an.
Er wandte sich ab.
Sie, die nicht mehr Herztrost war, sondern sich innerhalb von ein paar Sekunden in eine fremde Person verwandelt hatte, sah ihn an.
War ihr klar, daß er begriffen hatte? Nein, noch nicht ganz.
Die ehemalige Herztrost sah ihn erstaunt an.

Die Fortsetzung existiert in vielen Versionen. Bei jeder Vorführung des Films-im-Kopf fällt diese Szene anders aus. Hier folgen ein paar Beispiele.

Version 1
Er hob den Kopf und sah sie durch einen Tränenschleier hindurch an.
»Das ist nicht gerecht«, sagte er und versuchte, seine Stimme frei von Tränen zu halten. »Das ist nicht gerecht.«
»Was denn?« fragte sie unruhig. »Was denn?«
»Ich habe mich so nach dir gesehnt. Die ganze Zeit habe ich

Sehnsucht gehabt. Du hast mir so gefehlt. Es ist einfach nicht gerecht.«
Sie schwieg.
»Ich bin noch nie verliebt gewesen ... noch nie so verliebt gewesen ... wie in dich. Dann muß man doch was wiederkriegen. Sonst ist es nicht gerecht ...«
Sie schwieg und blickte zu Boden. Schräg hinter ihr stand Nazi-Hans und kapierte null.

Version 2
Er hob den Kopf und schaute ihr fest in die Augen.
»Wo schläft er?«
»Wie bitte?« fragte sie.
Das sagte sie, um Zeit zu gewinnen.
»Wo schläft er? Der da. Nazi-Hans«, sagte er und nickte zu dem anderen hinüber.
»Er heißt Hans-Peter«, entgegnete sie streng. »Und es geht dich überhaupt nichts an, wo er schläft.«
Er nickte bitter.
»Heil Hitler«, sagte er und grüßte den verblüfften Nazi-Hans mit strammem Nazigruß. »Have a nice time.« Damit nahm er sein Fahrrad und ging.

Version 3
Er hob den Kopf und sah sie höhnisch an.
»Ist er gut?«
»Wie bitte?« sagte sie. »Was meinst du?«
»Ist er gut? Im Bett, meine ich. In deinem Bett«, fügte er hart hinzu. »Fickt er gut?«
Sie wandte sich von ihm ab.
»Komm, wir gehen«, sagte sie, hakte sich bei Nazi-Hans unter und wiederholte auf deutsch: »*Wir gehen nach Hause.*«

»Ist er besser als ich?« schrie er verzweifelt hinter ihnen her. Da drehte sie sich um und kam zu ihm her.
»Ich pflege Jungs nicht zu vergleichen«, erklärte sie und sah ihm fest in die Augen, »und ficken tu ich auch nicht. Ich liebe. Und zwar nur Jungs, die ich sehr gern habe.«
»Und wie viele Jungs kannst du gleichzeitig gern haben?« fragte er. »Zwei, drei, vier, sieben? Oder eine ganze Fußballmannschaft? Oder, ach was, Scheiße ...«
Er verstummte und sah zu Boden.
»Ich bin nicht dein Besitz«, sagte sie.
Nachdem sie noch eine Zeitlang geschwiegen hatten, fuhr sie mit weicherer Stimme fort:
»Bis morgen. Dann können wir uns unterhalten.«
»Nie im Leben«, sagte er und radelte davon.

Version 4

Er hob den Kopf und sah, daß sie ebenfalls Tränen in den Augen hatte. Obwohl er nichts gesagt hatte, war ihr klar, daß er begriffen hatte.
»Du«, sagte sie mit trauriger Stimme. »Du ... Heute läuft einfach alles verkehrt. Ich habe nie gewollt, daß es so wird. Du ...« Sie stellte sich dicht neben ihn und sah ihn flehend an. Er biß sich auf die Lippen, schwieg aber weiterhin.
»Du«, fuhr sie fort, »ich hab mich auch nach dir gesehnt, in den ersten Tagen nach deiner Abreise hab ich nur an dich gedacht, und dann, als ich mich einigermaßen erholt hatte, kam Hans-Peter, und das war ja schon lange ausgemacht, und ... Du ... Wir können es doch versuchen ... Für mich war es noch nie so wie mit dir. Du ...«
Er biß sich so fest auf die Lippe, daß sie fast zu bluten anfing, sagte aber nichts, sondern drehte sich nur um, nahm sein Fahrrad und ging.

Version 5
Er hob den Kopf und ging, ohne ein Wort zu verlieren, auf Nazi-Hans zu.
»Da hast du, Nazischwein«, sagte er und verpaßte ihm einen kräftigen Tritt zwischen die Beine.
Nazi-Hans klappte vor Schmerz zusammen und sank langsam, wie in Zeitlupe, auf die Straße.
Eiskalt sah er auf den zusammengekauerten, wimmernden Nazi-Hans hinunter.
»Der wird dir heute nacht nicht viel Vergnügen bereiten«, sagte er und drehte sich zu ihr um, »du geile Nutte ...«

Halt!
Diese letzte Version war dann doch zu weit von der Wirklichkeit entfernt, um von Interesse zu sein.
Ja, die Wirklichkeit. Wie sah die denn aus?
Ungefähr so:

Version 0
Er hob den Kopf und sah sie an.
War es tatsächlich möglich? Ihm wurde allmählich übel. Seine Beine weigerten sich, ihn zu tragen.
»Ich muß jetzt nach Hause«, sagte er mit matter Stimme.
»Mir geht's nicht gut.«
Sie sah ihn prüfend an. Jetzt begriff sie, daß er alles verstanden hatte.
»Du«, sagte sie ernst, »geh jetzt erst mal nach Hause und schlaf dich aus. Ich ruf dich morgen an. Wir müssen uns unterhalten.«
»Ich will nicht«, flüsterte er hilflos.
»Was?« fragte sie und beugte sich zu ihm vor. »Was denn?«

Er sagte nichts mehr, drehte sich nur um, sprang auf sein Fahrrad und fuhr davon.
Wie er an jenem Abend nach Hause gekommen war, wußte er nicht mehr.
Ungefähr so war es gewesen.
Aber Version 1
    Version 2
    Version 3
    und
    Version 4
waren auch nicht ganz falsch.

Eine Rasierklinge und eine Dose Tabletten

Er hatte sich nie gefragt, ob. Oder warum. Die einzige Frage war gewesen, wie.
Sein oder Nichtsein? Nichtsein. Aber wie?
Wie nimmt man sich das Leben?
Wie macht man Schluß?
Wie stirbt man?

1. Pistole
Klassisch, schnell, vermutlich beinahe schmerzlos. Aber woher nimmt man eine Pistole, wenn man niemand kennt, der Mitglied eines Schützenvereins oder Terrorist ist?

2. Sprung aus großer Höhe
Niemals! Wo er im Hallenbad nicht einmal vom Dreimeterbrett zu springen wagt. Die Angst, während man nach unten unterwegs ist. Und was ist, wenn man es dann bereut ...?

3. Ertränken
Schwierig: vor allem, wenn man gut schwimmen kann. Und scheußlich: die Panik, das Gefühl, wenn einen die Kräfte verlassen ...

4. Erhängen
Auch klassisch. Aber ebenfalls schwierig: Wo befestigt man den Strick? Schmerzhaft. Viel zu schmerzhaft.

5. Sich vor den Zug werfen
Nein. Keinen unschuldigen Lokführer in die Sache hineinziehen. Nein.

6. Vergasen
Vielleicht gut. Aber wo? Er kennt niemand, der einen Gasherd hat.

7. Selbstverbrennung
Nie. Das wäre das letzte, was er tun würde. Das wäre nie das letzte, was er tun würde.

Ja, das *Wie* war schwierig.
Aber auf seiner Liste hat er noch zwei weitere Alternativen, und jetzt sitzt er an seinem Schreibtisch und hält eine Rasierklinge in der Hand. Vorsichtig drückt er sie an sein linkes Handgelenk, wo er das Blut pulsieren spürt. Ein rascher Schnitt, dann würde das Blut herausgepumpt werden, in sein Zimmer hinaus. NEIN!
Nein! Nein! So auch nicht!
Das würde er nicht schaffen.
Und er will auch nicht, daß Mama nach Hause kommt und ihn in einer Blutlache findet. Womöglich käme Hanna als erste in sein Zimmer. Ein kleines unschuldiges Kind. Damit wäre sie für ihr ganzes Leben zu Alpträumen verurteilt.
Nein! Nein!
Er läuft hinaus ins Bad und legt die Rasierklinge in Kristers Gilletteschachtel zurück.
Brrr ... Er erschauert und schüttelt seine schlimmen Gedanken ab.
Also bleibt nur eines übrig:

9. Tabletten
Er nimmt die Dose und sieht sie an:
APOZEPAM. 50 Tabletten. 10 mg. Blaue Tabletten. Er hat im Medikamentenatlas seiner Mutter nachgeschlagen und festgestellt, daß die blauen die stärksten sind. Und die Dose ist fast voll. Mama hat sie wahrscheinlich bei irgendeiner ihrer Krisen als Trost bekommen, als sie dreißig wurde oder vierzig oder bei der Scheidung oder was auch immer, auf jeden Fall hat sie nur wenige Tabletten genommen. Gut.
Also, Tabletten, das ist das einzig Wahre! Sauber, ordentlich und einfach. Eine Handvoll Tabletten, ein paar Gläser Wasser und dann einschlafen. So muß es gehen.
Er darf sich nur nicht übergeben.
Ja. Tabletten sind das einzig Wahre.
Er lehnt sich auf seinem Stuhl zurück. Wenn der Film zu Ende ist, nehme ich die Tabletten, denkt er.
Aber immer noch hat sie eine Chance, es zu verhindern.
Immer noch hat sie Macht über sein Leben. Und über seinen Tod. Allerdings nicht mehr lange, denkt er und schielt zu dem schweigenden Telefon hinüber.

Das Leben nach Herztrost

Als er am Abend nach dem Kinobesuch heimkam, hatte er Schüttelfrost und kroch sofort ins Bett. Die ganze Nacht wälzte er sich voller Verzweiflung hin und her, abwechselnd brennend heiß und eiskalt, und als er schließlich einschlief, war der neue Tag schon angebrochen.
Nachdem er ein paar Stunden geschlafen hatte, wachte er auf, und fünf Sekunden, beinahe zehn Sekunden lang ging es ihm gut. Er fühlte sich ausgeruht und wohl und richtete sich im Bett auf.
Da fiel ihm ein, was passiert war, und sofort sank er zurück.
Durch sämtliche quälende Erinnerungen hindurch, die sich schon in seinem Kopf breitzumachen begannen, hörte er das Telefon läuten, er hörte Mama antworten und mit jemand reden und dann ihre Stimme, als sie seine Tür einen Spaltbreit öffnete:
»Hallo! Bist du wach? Telefon für dich. Es ist Ann-Kat...«
Er stellte sich schlafend und versuchte, ruhig und tief zu atmen, um Mama zu täuschen.
Sie seufzte und ging wieder ans Telefon. Jetzt spitzte er die Ohren. Er hörte sie sagen:
»Nein, er schläft noch, ist wohl müde nach der Reise und der Zeitverschiebung, du weißt schon, Jetlag, soll er dich anrufen, wenn er aufwacht?... Ja, ja... Also, gut. Wiedersehen!«

Er blieb den ganzen Tag im Bett.

»Bist du krank?« fragte Mama.
»Ich glaub, ich hab ein bißchen Fieber«, antwortete er.
»Ann-Katrin hat heute morgen angerufen«, sagte Mama.
»Sie ruft später noch mal an.«
»Mm.«
Zweimal läutete das Telefon an jenem Tag, und beide Male warf er sich auf den Apparat, um den Hörer abnehmen zu können, bevor Mama sich meldete. Als es das erste Mal läutete, nahm er den Hörer ab, ohne etwas zu sagen, und hörte ihre Stimme: »Hallo? Ist da ...«
Rasch steckte er den Hörer unters Kissen und drückte zu. Fest. Und lange.
Er blieb bestimmt zehn Minuten lang sitzen, bevor er das Kissen hochhob. Da war das Telefongespräch natürlich schon längst erstickt.
Beim zweiten Mal zog er sofort den Stecker aus der Dose, als er es läuten hörte.
Er war davon überzeugt, daß sie es war. Und er wollte nicht mit ihr sprechen.
Nie mehr wollte er mit ihr sprechen.
Den restlichen Tag verbrachte er mit Weinen.
Und mit Leiden.
Und damit, alles noch einmal durchzudenken, was im Laufe des gestrigen Tages passiert war – von dem Moment an, als er früh morgens mit seinem schönen Geschenkpaket vor ihrer Tür gestanden hatte, bis zu der nächtlichen Radfahrt, als er mit Tränen der Verzweiflung in den Augen durch die Dunkelheit nach Hause gefahren war.
Und schließlich damit, sich selbst mit Bildern zu quälen: Jedes einzelne Filmbild war ein Messer in seinem Herzen. Und jedesmal, wenn er sich die Szene wieder vorführte, entdeckte er Einzelheiten, die er gestern nicht bemerkt hatte.

Jetzt sah er zum Beispiel
ihren Gesichtsausdruck, als sie ihm morgens die Tür geöffnet hatte. Sie hatte ihn angestarrt, als wäre er ein Zeuge Jehovas oder ein Fernsehkontrolleur gewesen.
Warum kommt dieser kleine Dämlack jetzt einen Tag zu früh? hatte sie gedacht. Warum kommt dieser Wurm hierher und stört mich, ausgerechnet jetzt, wo der supergoldige Hans-Peter Nazimann mit den Haaren auf der Brust zu Besuch ist, hatte sie gedacht.
Ja, das hatte sie gedacht.
Und jetzt sah er zum Beispiel,
wie er über seine Briefe geredet hatte, und sie hatte nicht einmal gewußt, wie viele Briefe sie bekommen hatte. Wahrscheinlich hatte sie die Briefe nicht einmal geöffnet. Und wenn, dann hatte sie seine Briefe den Schweizernüssen am Strand laut vorgelesen und sich kichernd über seine albernen Gedichte lustig gemacht, die geöffneten Briefe hatte sie dann am Strand herumliegen lassen, damit jeder sie lesen konnte.
Übrigens, sie hatte ihm doch selbst Björns Ansichtskarte zu lesen gegeben! Plötzlich fühlte er sich Björn sehr verbunden, wer er auch sein mochte ...
Und er sah zum Beispiel,
wie Nazi-Hans aus ihrem Schlafzimmer kam. Inzwischen wußte er ja, wo Nazi-Hans geschlafen hatte, und er sah in jeder Einzelheit, wie Nazi-Hans aus ihrem Schlafzimmer kam
und sich die Hose zuknöpfte
und sich die Hose zuknöpfte
und sich die Hose zuknöpfte.
Und dann begann die Eifersucht ihre Terrorpornographie vorzuführen: Ann-Katrins Hände, wie sie Nazi-Hans die

Hose aufknöpften. Wie sie ihm die Hose herunterzogen. Ihre Hände auf seinem Körper. Seine Hände auf ihrem Körper. Ihre Lippen ... Ihre Zunge ... Ihre nackten Körper ...
AAAAAAAAHHHHHH!!!!!
»Was ist denn? Was ist los?«
Mama tauchte in der Tür auf.
»Was ist?« fragte sie besorgt. »Du hast so geschrien ...«
»Ich hab geträumt«, erklärte er schwer atmend. »Einen scheußlichen Alptraum.«
Dieser Alptraum quälte ihn den ganzen Tag. Und den ganzen nächsten Tag. Und den nächsten und den nächsten und den nächsten.
Der Alptraum tauchte in regelmäßigen Abständen wieder auf, er konnte sich nicht dagegen wehren, es gelang ihm nicht, auf OFF zu drücken, und dabei tat der Traum so unerträglich weh.
Gleichzeitig ließ er die Szenen des letzten Tages immer wieder vor sich abspulen, und jedesmal, wenn er den Film-im-Kopf ansah, entdeckte er neue Einzelheiten.
Alles war doch so offensichtlich gewesen. Wie war es möglich, daß er es nicht bemerkt hatte? Er mußte blind gewesen sein.
Jetzt sah er zum Beispiel
die Blicke, die sie ausgetauscht hatten. Schon morgens in der Küche, am Tisch. Die Blicke zwischen ihr und Nazi-Hans, Blicke des Einverständnisses, Blicke, die gemeinsame Erinnerungen und Geheimnisse enthielten. Und er saß da am Tisch und merkte es nicht. Supertrottel.
Jetzt sah er zum Beispiel,
wie er sich blamiert hatte, als er gefragt hatte, ob er sie ins Kino begleiten durfte. Ihr letzter gemeinsamer Abend: italienisches Restaurant, Kino und dann ihr Bett. Und da fragt

er, dieser Supertrottel, ob er sie ins Kino begleiten darf. Als ob es das Natürlichste auf der Welt wäre. Sie und Nazi-Hans müssen sich halb totgelacht haben, als sie endlich allein waren. Wahrscheinlich haben sie ihn auch ein klein wenig bedauert, weil er so ein Supersupertrottel war.
Jetzt sah er zum Beispiel,
wie er sich vor dem Kino mit ihnen getroffen hatte. »Ann-Katrin hat von dir erzählt«, hatte Lotta gesagt. Sicher. Und was hatte Ann-Katrin erzählt? Daß sie einen aufdringlichen Supersupersupertrottel kennengelernt hatte.
Jetzt sah er zum Beispiel,
wie es im Kino gewesen war und wie es gewesen war, als sie anschließend nach Hause gingen. Er hatte sich tatsächlich eingebildet, daß er mit ihr ausgegangen sei. Er hatte geglaubt, er und sie gingen ins Kino. Und außerdem noch drei andere. 2+3=5, das hatte er geglaubt. Er hatte nicht gesehen, daß es zwei Paare waren, die miteinander unterwegs waren. Zwei Paare und er. 2+2+1=5. Und er war die einsame Eins. Das unnötige, unwillkommene, unerwünschte fünfte Rad am Wagen. Und er hatte es nicht gemerkt. Supersupersupersupertrottel...

Die Tage vergingen.
Er lag im Bett, er bewegte sich wie ein Zombie in seinem Zimmer hin und her, er ging nie ans Telefon und machte die Wohnungstür nicht auf, wenn es draußen läutete.
Die Sommerferien rannen davon.
Eines Abends kam Mama und setzte sich an sein Bett.
»Du«, sagte sie mit bekümmerter Stimme, »was ist eigentlich los? Was ist denn passiert?«
Er antwortete nicht.
»Kannst du es mir nicht erzählen...?«

Er blieb schweigend liegen.
»Ist es Liebeskummer?« fragte Mama seufzend. »Hat es was mit Ann-Katrin zu tun? Versuch doch, mit mir zu sprechen ...«
Er sah an die Decke.
»Vielleicht kann ich dir helfen«, fuhr sie mit ernster Stimme fort. »Denn wenn es etwas gibt, von dem ich etwas verstehe, dann dürfte es Liebeskummer sein. Das ist das einzige im Leben ... das einzige, was ich wirklich geschafft habe ... mich immer wieder in die Nesseln zu setzen ...«
Er sah sie erstaunt an, sagte aber nichts. Sie sprach fast so mit ihm, als wäre er ein Freund. Als wäre er erwachsen.
»... und Kinder zu kriegen natürlich«, fuhr sie fort und lächelte ein mildes Mamalächeln. Jetzt war sie wieder Mama.
Er schüttelte den Kopf und seufzte leise, und nach einer Weile verließ sie das Zimmer.
Ja, Mamas Art, mit ihm zu reden, versetzte ihn in Erstaunen. Aber ihm helfen? Nein, das konnte sie nicht!
Niemand auf der ganzen Welt konnte ihm helfen.
Niemand auf der ganzen Welt.
Doch, eine vielleicht.
Aber mit der wollte er nicht reden. Die wollte er nicht sehen.
Die würde er nie mehr treffen.
Liebeskummer?
Du hast ja keine Ahnung, Mama.
Dieser Film handelt nicht von Liebe, dachte er später am Abend. Er handelt von Verliebtheit und Eifersucht und Sehnsucht und ... und Sex ... und von einem Supertrottel. Aber nicht von Liebe. Liebe, was das ist, weiß ich nicht, dachte er.
Da öffnete Mama die Tür zu seinem Zimmer einen Spaltbreit, und ein schmaler Lichtstreifen fiel herein.
»Schläfst du?« flüsterte sie.

Er schloß die Augen und stellte sich wieder schlafend.
Mama kam ins Zimmer, trat an sein Bett und legte ihm die Hand auf die Stirn. Ihre weiche Mamahand.
»Ich liebe dich«, flüsterte sie.
Nach einem Weilchen ging sie wieder hinaus. So ein Quatsch, dachte er. Du hast zu viele amerikanische Filme gesehen, dumme Mama.
I love you I love you I love you
Drüben sagen sie das die ganze Zeit.
Damit meinen sie aber nichts Besonderes.
Nein. Der Liebe bin ich nie begegnet, dachte er.
Da hatte er schon beschlossen, daß es keinen Sinn hatte weiterzuleben.
Ein Leben nach Herztrost hatte keinen Sinn.
Das hatte er beschlossen.
Die Frage war bloß, *wie.*

Ein Telefon

Jetzt hat er das hellgraue Telefon aus dem Bücherregal geholt und es vor sich auf den Schreibtisch gestellt.
Das Telefon steht beinah allein auf dem Schreibtisch. Bis auf eine Dose Tabletten. Eine Dose mit blauen Tabletten.
Alles andere ist inzwischen verschwunden.
Er hat einen Abend dafür gebraucht, aber jetzt ist nichts mehr da.
Er steht da und starrt das schweigende Telefon an.
Leben oder Tod.
Du hältst mein Schicksal in der Hand, denkt er.
Das Telefon schweigt.
Ich könnte anrufen, denkt er nach einer Weile. Ich könnte selbst anrufen.
Nein! Die Spielregeln müssen befolgt werden. Mogeln gilt nicht. Jetzt nicht.
Aber ich könnte ja nur anrufen, um zu erfahren, ob sie nach Hause gekommen ist, denkt er. Vielleicht ist ihr irgendwas passiert.
Aber ...
Doch, vielleicht ist etwas passiert. Sie hat sich vielleicht verspätet. Vielleicht ist sie irgendwo, wo es kein Telefon gibt. Sie hat es nicht vergessen, es ist ihr nicht egal, sie kann ganz einfach nicht ...
Ich kann doch anrufen, dann weiß ich, ob sie zu Hause ist. Ich werde nicht mit ihr sprechen. Möchte bloß wissen, ob sie zu Hause ist.

Denkt er und nimmt den Hörer ab.
Jetzt hab ich mich selbst reingelegt, denkt er und fängt an, ihre Nummer zu wählen. Die drei ersten Ziffern sind einfach. Dann zögert er.
Nur 256 trennt ihn jetzt von ihr.
Er legt den Hörer wieder auf.
Er nimmt den Hörer ab.
Tüüüüüt.
Diesmal wählt er vier Ziffern, bevor er einhält. 56 trennt ihn von ihr.
Seufzend legt er den Hörer auf.
Na gut, ein dritter Versuch. Ein dritter und letzter Versuch.
Er konzentriert sich, holt tief Luft, nimmt den Hörer ab und beginnt ihre Telefonnummer entschlossen zu wählen: die erste Ziffer – die zweite Ziffer – die dritte Ziffer – die vierte Ziffer – die fünfte Ziffer –
Stop. Vollbremsung.
Sie ist nur eine Sechs entfernt. Er ist nur durch eine Sechs von ihr getrennt. Nur durch eine einzige, einsame Sechs. Nur ...
Nein. Nein!
Er drückt den Hörer wieder auf die Gabel. Er drückt fest.
Nein. Das wäre falsch.
Gesagt ist gesagt.
Gedacht ist gedacht.
Er sitzt an seinem Schreibtisch und starrt das Telefon an.
Das Telefon schweigt.

Ann-Katrin, ehemals Herztrost, dringt ein

»Kannst du morgen auf Hanna aufpassen?« fragte Mama an einem regnerischen Donnerstag Anfang August.
»Von mir aus«, sagte er und zuckte die Schultern.
»Nächste Woche habe ich Urlaub«, fuhr Mama fort. »Dann unternehmen wir irgendwas zusammen. Vielleicht fahren wir nach Kopenhagen und gehen ins Tivoli! Uns fällt schon was ein. Krister kann sich bestimmt einen Tag frei nehmen. Du mußt dringend ein bißchen raus, an die frische Luft. Du bist ja käsebleich!«
»Hurra!« rief Hanna und begann auf und ab zu hüpfen. »Tivoli! Hurra! Krieg ich dann so eine Riesenwaffel, Mama? Und Sahnekrapfen mit Schlagsahne? Mama? Krieg ich das? Und Zuckerwatte, Mama?«
»Du nervst!« sagte er gereizt.
»Sei du doch still, du Käse«, sagte Hanna und begann zu singen:
»Bleichkäse, Stinkkäse, Bleichkäse, Stinkkäse...«
»Paß auf, du! Morgen sind wir zwei ganz allein«, zischte er.
»Dann aber...« Er drohte ihr jedoch nicht im Ernst. Und im Tivoli würde er ihr Zuckerwatte kaufen. Und das wußte sie.
An diesem Freitag, als er mit Hanna allein war, läutete es an der Tür.
»Mach nicht auf!« rief er rasch, als Hanna durch den Flur stürzte.
»Warum nicht?« wollte sie wissen und blieb prompt stehen.

»Vielleicht steht da draußen ein Schurke«, sagte er. »Ein Bösewicht. Ein Dieb. Ein Gauner. Ein Räuber.«
Sie blieb im Flur stehen. Es läutete noch einmal.
»Glaubst du wirklich, daß es ein Räuber ist?« flüsterte Hanna.
Er nickte ernst.
»Ja.«
Plötzlich erstarrte Hanna und streckte den Zeigefinger aus.
»Der Briefkasten! Er macht den Briefkasten auf!«
»Hallo! Bist du da? Ist jemand da?« kam eine Stimme aus dem Briefkasten.
Eine Stimme, die er allzu gut wiedererkannte. Hanna erkannte die Stimme ebenfalls und lief zur Tür, bevor er sie daran hindern konnte.
»Du bist doch kein Räuber«, rief sie fröhlich und kniete sich neben die Tür hin.
»Nein, ich bin kein Räuber«, sagte die Stimme. »Ich bin Ann-Katrin. Erinnerst du dich an mich, Hanna?«
Hanna nickte munter.
»Ja, du bist doch die mit den schönen Sandalen. Die nichts dafür kann, daß sie rote Haare hat.«
Draußen vor der Tür erklang ein Lachen.
»Stimmt genau. Du, Hanna, ist dein Bruder da?«
»Ja«, sagte Hanna. »Der muß doch heute auf mich aufpassen.«
»Ich möchte mit ihm reden«, sagte Ann-Katrin. »Kannst du mir die Tür aufmachen, Hanna?«
»Klar«, sagte Hanna.
Und machte die Tür auf.
So kam sie zu guter Letzt doch noch herein, sie, die einmal Herztrost gewesen war.
»Hallo ...«

Sie blieb in der Tür zu seinem Zimmer stehen. Er saß auf seinem Bett, hob kurz den Kopf, sagte aber nichts.
»Bist du krank gewesen?« fragte sie.
Er antwortete nicht.
»Du siehst so blaß aus. Bist ja ganz weiß ...«
»Mama sagt, daß er ein Käse ist«, teilte Hanna vergnügt mit und tauchte neben Ann-Katrin auf. »Aber am Montag fahren wir zum Tivoli, und da krieg ich ein ...«
»Du, Hanna«, sagte Ann-Katrin und knöpfte sich ihre Armbanduhr ab, »ich möchte gern ungestört mit deinem Bruder reden. Schau dir mal die Uhr hier an. Wenn du uns in Ruhe läßt, bis der große Zeiger bei dieser Drei angelangt ist, dann geh ich nachher mit dir zum Laden runter und kauf dir das größte Eis, das es dort gibt.«
»Eine Supertüte?« fragte Hanna lüstern.
»Eine Supertüte!«
»Dann mach ich das!« sagte Hanna. »Bis zu der Drei ...«
Sie flitzte davon, und Ann-Katrin trat ins Zimmer. Sie zog den Schreibtischstuhl heran und setzte sich direkt vor ihn. Dann begann sie ihn ernst zu mustern.
»Du ... Ich hatte mal einen Freund, und der fehlt mir jetzt ...«
Er schluckte, sagte aber nichts.
»Ich hab mindestens hundertmal versucht, dich anzurufen. Ungefähr. Und bin bestimmt schon zwanzigmal hiergewesen und hab an der Tür geklingelt«, fuhr sie fort. »Wie soll ich dich denn nur erwischen?«
»Schreib einen Brief«, flüsterte er, ohne zu lächeln.
Sie schüttelte den Kopf.
»Briefschreiben ist nicht meine Stärke – im Gegensatz zu dir. Und ich wollte mit dir sprechen, ich glaube nämlich, daß ...«

Plötzlich unterbrach er sie und sagte bestimmt:
»Ich will meine Briefe zurückhaben.«
Sie sah auf und schüttelte wieder den Kopf.
»Niemals. Das sind nicht deine Briefe. Die gehören mir. Du hast sie mir geschickt. Jetzt liegen sie alle zwölf in meiner Geldkassette, und ich hab ein rotes Seidenband um sie gebunden. Die kriegst du nicht zurück. Nie.«
Er war mit ihrer Antwort zufrieden, obwohl sie nein gesagt hatte.
Die Briefe bedeuteten ihr etwas. Und wenn er einmal nicht mehr da wäre, würde sie immer noch die Briefe haben, dann würde sie sie lesen und alles bereuen und weinen ... Gut!
»Eine Krone für deine Gedanken«, sagte sie.
Er schüttelte den Kopf, antwortete aber nicht.
»Du, wir müssen uns unterhalten«, sagte sie. »Als du aus den USA zurückgekommen bist, ist alles so verkehrt gelaufen. Ich habe viel darüber nachgedacht. Und dir geht es auch nicht besonders gut, das sehe ich.«
Du bist braungebrannt und voller Sommersprossen und topfit, dachte er bitter. Du siehst wirklich nicht so aus, als würdest du leiden. Und wer ist daran schuld, daß es mir schlechtgeht? Habe ich mir etwa eine Krankheit geholt? Und was macht dir das schon aus ...?
Das dachte er, sagte es aber nicht.
»Du ...« fing sie wieder an und stand vom Stuhl auf. »Das alles war ein Irrtum, du ...«
Sie trat ans Fenster.
Red du nur, dachte er. Red ruhig weiter.
»Ich ...« fuhr sie fort, »ich hab noch nie jemanden getroffen, mit dem ... mit dem ich mich so wohl gefühlt hab ... wie mit dir. Wenn ich mit dir zusammen war, konnte ich sein, wie ich wirklich bin ...«

Bis dahin hatte sie ihm den Rücken zugewandt, aber jetzt drehte sie sich um und fuhr mit einem kurzen Lachen fort: »Ich hab genau gewußt, was ich dir sagen wollte. Diese Rede habe ich wochenlang vorbereitet, aber ... jetzt finde ich die richtigen Worte nicht ... kannst du mir nicht ein bißchen helfen? Ich will meinen Freund zurückhaben, ich ... ich will dich noch besser kennenlernen ... du ...«
Ein Freund, dachte er, aha, das bin ich also gewesen, aha. Ein Kumpel, ein Kamerad, Reisegesellschaft im Bus, aha. Also hat sie die Angewohnheit, mit ihren Freunden zu schlafen, oder ...?
»Es war ein Irrtum«, sagte sie und kniete sich vor ihn hin, »es war ein Irrtum, und das war meine Schuld, wir hätten nie ... miteinander hier in diesem Bett landen sollen, ich wußte, daß es falsch war, aber ... es war meine Schuld ... ich konnte dich nicht in Ruhe lassen ... du ... hast mir so gut gefallen ... du ... gefällst mir so ... so gut, weißt du das?«
Er fuhr hoch.
»Was ist?« fragte sie erschrocken. »Was ist los?«
»Muß auf die ... die Toi ... Toilette«, stotterte er.
Dann stürzte er zur Toilette und verschloß die Tür hinter sich. Übers Waschbecken gebeugt blieb er dort stehen.
Ich darf nicht weinen, dachte er schweratmend. Ich darf nicht anfangen zu weinen.
Lange, lange wusch er sich das Gesicht mit kaltem Wasser, dann spülte er und ging in sein Zimmer zurück.
Sie betrachtete ihn prüfend, während er wieder aufs Bett hinaufkroch.
»Du darfst gerne weinen«, sagte sie.
Gut gefallen? dachte er in der anschließenden Stille. Sie fand wohl, daß er gut aussah. Daß er schön war. Eine Schaufensterpuppe, das war es, was sie haben wollte.

Dachte er, er weinte aber nicht.

»Ja. Ich wußte, daß es ein Irrtum war«, fuhr sie nach ein paar Minuten fort, »und wenn ich damals die Möglichkeit gehabt hätte, hinterher mit dir zu reden, dann hätte es nie soweit kommen müssen wie jetzt, aber ... aber du bist ja abgereist ... und dann bist du zurückgekommen und...«

Und hab Nazi-Hans in deinem Bett gefunden, dachte er.

»Du brauchst nicht auf Hans-Peter eifersüchtig zu sein«, sagte sie. »Du brauchst überhaupt nie auf jemanden eifersüchtig zu werden. Ich will, daß du mein Freund bist! Ich weiß, das klingt idiotisch, aber das will ich. Ich will dich behalten. Die ganze Zeit. Aber ich bin nicht deine Yoko Ono.«

Nein, dachte er, und wenn du deinen John Lennon gefunden hast, wirst du mich, deinen schönen Freund, vergessen. Wozu brauchst du mich dann überhaupt?

»So muß es doch wirklich nicht sein!« sagte sie plötzlich und stand ungeduldig auf. »Es muß nicht entweder oder sein. Es muß doch möglich sein, daß man befreundet ist ... Scheiße ... hilf mir doch ... hör auf, so dazusitzen und vor dich hinzustarren ...«

Sie sah ihn wütend an. Hatte sie etwa Tränen in den Augen? Da hatte doch irgend etwas aufgeglänzt; bevor er den Blick senkte, nahm er das noch wahr.

Er blieb stumm.

»Willst du mich nicht mehr treffen? Willst ... willst du mich einfach vergessen? Kannst du nicht einmal mehr mit mir reden?«

Nein, dachte er.
Ja, dachte er.
Nein, dachte er.
Und sagte nichts.

»Also gut, dann bleib hier sitzen. Bleib hier sitzen und bedaure dich selbst. Ich hab nämlich nicht vor, das zu tun ...«
Warum war sie so wütend?
Er schluckte und sah seine Füße an. Den einen Strumpf habe ich linksherum angezogen, dachte er.
»Wenn du jetzt nichts sagst, wenn du nicht anfängst, mit mir zu reden, dann gehe ich«, sagte sie.
Tu das, dachte er, ich habe mich sowieso schon entschieden. Es gibt nichts, was du sagen kannst, das ...
Nein. Nein, geh nicht, dachte er. Geh nicht! Bleib! Rette mich ...
Da öffnete Hanna die Tür.
»Jetzt steht er auf der Drei«, verkündete sie erwartungsvoll.
Keiner im Zimmer reagierte.
»Er steht jetzt auf der Drei. Der lange Zeiger. Jetzt gehen wir Eis kaufen, das hast du versprochen. Komm endlich!«
Sie stampfte ungeduldig, und Ann-Katrin drehte sich zu ihr um.
»Gut, ich komme«, sagte sie seufzend und warf ihm einen raschen Blick zu. »Ich komme jetzt. Eine Riesentüte, das war's doch?«
Er hörte sie draußen im Flur.
»Habt ihr euch geküßt?« fragte Hanna kichernd.
»Nein ...«
»Warum nicht?«
»Wahrscheinlich will er das nicht ...«
»Der spinnt«, sagte Hanna.
Dann schlug die Wohnungstür zu.

Nach zehn Minuten waren Hanna und Ann-Katrin wieder da. Sie bauten sich nebeneinander vor seinem Bett auf und

sahen ihn an. Hannas Gesicht war schon ganz verschmiert von Eiscreme.
»Mm, schmeckt gut«, schmatzte Hanna. »Leckerschlecker.«
»Ich geh jetzt«, sagte Ann-Katrin.
Er sagte nichts.
»Ich fahre jetzt mit dem Nachtzug zu meinem Vater. Zum Segeln. Zwei Wochen lang. Am Samstag, bevor die Schule anfängt, komme ich zurück.«
Er sagte nichts.
»Willst du, daß ich dich dann anrufe? Willst du, daß ich anrufe, wenn ich heimkomme?«
Er sagte nichts.
»Klar will er das«, sagte Hanna. »Klar willst du, daß sie anrufen soll, du Doofmann! Los, sag's ihr. Sag, daß du das willst.«
Aber er sagte nichts.
Und sie drehte sich zum Gehen um.
Da:
»Ja...«
Nur ein heiseres Flüstern. Aber Ann-Katrin hörte ihn, blieb stehen und drehte sich zu ihm um.
»Ja, hrm, ruf an. Ruf an, wenn du heimkommst«, flüsterte er.
Sie nickte ernst.
»Gut, dann ruf ich am Sonntag an. Wahrscheinlich komme ich spät am Samstag abend an.«
»Nein«, flüsterte er und schüttelte den Kopf. »Ruf an, wenn du heimkommst. Auch wenn es spät wird. Ich bin wach.«
»Okay.« Sie nickte. »Mach ich. Tschüs, Hanna. Viel Spaß in Kopenhagen. Und kümmre dich ein bißchen um deinen Bruder ...«
»Tschüs.«
Sie ging.

Jetzt habe ich mein Leben in deine Hände gelegt, dachte er.
Ich warte bis zum letzten Samstag, bevor die Schule wieder anfängt.
Aber wenn du nicht anrufst:
Seid gegrüßt, ihr blauen Tabletten. Seid gegrüßt und willkommen.
Tschüs, Leben.
Danke und leb wohl.

Eine Samentüte

Zufällig fällt sein Blick auf den Boden – ein Eckchen gelbes Papier schaut unter dem Schreibtischunterschrank hervor. Er bückt sich und hebt – eine Samentüte auf.
Ach ja, die Samentüte. Die hatte er vergessen. Die lag ja vorhin hier auf dem Schreibtisch. Zwischen der Topfpflanze und »In einem grünen Hain«. Wahrscheinlich ist sie heruntergeweht worden, als ich das Fenster aufgemacht hab, denkt er. Er sieht sie an:

GEBR. NELSON SAMEN AG, Tingsryd
ZITRONENMELISSE

Er dreht die Tüte um und liest auf der Rückseite:

ZITRONENMELISSE
Melissa officinalis
mehrjähriges Gewürzkraut
Samen für ca. 50 Pflanzen
Aussaat: Im Haus: April–Mai
Im Freien: Ende ...

Im Mai, ja, stimmt. Diese Samentüte hatte er im Mai gekauft. Kurz nachdem er bei ... ihr zu Hause gewesen war. Nach seinem ersten Besuch. Als er die Topfpflanze bekommen hatte.

Danach hatte er Samen gekauft, um selbst Herztrost zu säen und das ganze Fensterbrett mit hellgrünen Pflanzen und das ganze Zimmer mit Zitronenduft zu füllen.
Ohne daran zu denken, was er tut, reißt er die Samentüte auf und leert die winzigen schwarzen Samen in seine rechte Hand. Ohne daran zu denken, was er tut, steckt er sich ein paar von den kleinen schwarzen Samen in den Mund und beginnt zu kauen.

Ach ja, das Telefon.
Vor ihm auf dem Schreibtisch steht das Telefon.
Und schweigt.

Herztro ...

Jetzt ist der Film fast zu Ende.
Jetzt hat der Film ihn eingeholt, ihn, den jungen Mann, der hier an seinem Schreibtisch sitzt und nachdenklich ein paar winzig kleine Samen kaut. Wie wird der Film enden?
Er hat selbst mehrere Möglichkeiten gesehen. Zum Beispiel hat er gesehen, wie Mama und die anderen nach Hause kommen und ihn am Schreibtisch finden, über den Schreibtisch gebeugt finden sie ihn, und Mama glaubt natürlich, daß er schläft, und kommt ins Zimmer, um ihn zu wecken.
»Hallo, wir sind wieder da.« Und da entdeckt sie die Dose mit den blauen Tabletten, die neben ihm steht, und begreift, daß er ...
IIIIIIIIIIIIIIIIHHHHHHHHHHHHHHHHH!!!
Tot ist.
Er hat gesehen, wie Mama verzweifelt weint.
»Warum? Ich versteh das nicht. Warum? Was habe ich falsch gemacht?«
Er hat seine eigene Beerdigung gesehen, hat gesehen, wie sie, Ann-Katrin, etwas abseits steht, schneeweiß ist sie im Gesicht, sie hält drei blutrote Rosen in der Hand, und sie weiß nur allzu gut, daß es um ihretwillen geschehen ist, daß es ihre Schuld ist. Er hat gesehen, wie sie mit dieser Schuld nicht leben kann, wie sie sich ebenfalls das Leben genommen hat.

Ja, er hat sogar gesehen, wie sie sich wiederbegegnen, irgendwo in einer Art von Himmel.
Ja, jetzt wird der Film bald enden. Aber wie?
Er kaut die kleinen Samen, und plötzlich geschieht etwas mit ihm.
In diesem Augenblick geschieht etwas mit ihm. Ob das an den schwarzen Samen liegt?
Zuerst sind sie ihm ganz geschmacklos vorgekommen, sie schienen ihm zu klein, um einen Geschmack zu haben, aber inzwischen spürt er einen ganz, ganz schwachen Geschmack nach ... Nein, er weiß nicht, was es ist, doch der Geschmack erweckt eine Erinnerung in ihm zum Leben,
eine Erinnerung an etwas, das sehr weit zurückliegt,
eine Erinnerung voller Sonne,
eine milde Erinnerung.
Er kann sie nicht in Worte kleiden, und er sieht auch keine Bilder vor sich, die Erinnerung ist einfach vorhanden, wie ein Gefühl.
Und da geschieht etwas mit ihm.
Der große schwarze Klumpen in seinem Körper ist nicht aus Beton, sondern aus Eis, das merkt er jetzt, als seine sonnige Erinnerung den Klumpen zum Schmelzen bringt.
Und alle nagenden Ratten sind plötzlich verschwunden.
»Verzeihung«, sagt er vor sich hin und geht mit entschiedenen Schritten ins Bad.
Die Dose mit den blauen Tabletten nimmt er mit und stellt sie wieder in den Badezimmerschrank, ganz hinten aufs oberste Regal.
»Verzeihung«, murmelt er, als er sich wieder an den Schreibtisch setzt. Ich habe es nicht ernst gemeint, denkt er. Ich habe es nie ernst gemeint. Es war nur ein Mir-selbst-leid-tun-Spiel.

Aber wen bittet er um Verzeihung?

RRRRRRRRRR!
Das Telefon. Jetzt schweigt es nicht mehr, jetzt läutet es. Und das Läuten läßt ihn zusammenzucken.
Aber er hebt nicht ab.
RRRRRRRRRR!!
Er starrt das Telefon an. Er legt die Hand auf den Hörer, aber er nimmt den Hörer nicht ab. Er antwortet nicht.
RRRRRRRRRR!!
Er legt seine Wange auf die Hand, die den Hörer hält. Aber er nimmt den Hörer nicht ab. Er antwortet nicht.
RRRRRRRRRR!!
Jetzt weint er. Die Tränen fallen auf die Hand, die auf dem Telefonhörer liegt. Aber dies sind keine Tränen der Verzweiflung mehr. Dies sind Tränen der Befreiung. Und er nimmt den Hörer nicht ab.
RRRRRRRRR!!
»Du ... Es ist vorbei. Es ist aus«, flüstert er, ohne den Hörer abzunehmen. »Du ...«
RRRRRRRRRR!!
Über das Telefon gebeugt weint er.
Er weint glückliche Tränen.
Aber er antwortet nicht.
RRRRRRRRRR!!
»Du...«
Er antwortet nicht. Er nimmt den Hörer nicht ab.
RRRRRRRRRR!!
»Du. Soll ich dir was sagen«, flüstert er, ohne den Hörer abzunehmen.
RRRRRRRRRR!!
»Ich liebe dich.«

Das Telefon verstummt.
Das Telefon schweigt.

Erste Person Sing. Und Plur.

Er und er und er.
Wen versuche ich zu täuschen? denkt er mit Tränen in den Augen. Will sagen, denke ich mit Tränen in den Augen.
Das alles handelt doch von mir.
Er ist ich. Ich bin er.
Erste Person Singular: Ich.
Es gibt keinen Film mehr. Es gibt keine Hauptperson. Das ist jetzt vorbei.
Aber mich gibt es.
Und dich. Irgendwo da draußen gibt es dich.
Und ich bin froh, daß es dich gibt. Und ich bin froh, daß ich weiß, daß es dich gibt.
Und irgendwo, irgendwo in einem verborgenen Winkel, gibt es ein kleines Wir. Ein kleines Wir, das weiter bestehen darf, was auch immer geschieht.
Erste Person Plural: Wir.
Ich. Und du.
Wir.

Was du gesehen und gehört hättest (2)

Ja, wenn du an jenem Samstagabend im August zufällig vor diesem Haus gestanden und dich vielleicht auch im Treppenhaus A aufgehalten hättest, was hättest du dann gesehen und gehört?

Irgend jemand warf einen Blumentopf von einem Balkon, stimmt. Einen Blumentopf mit einer Zitronenmelissenpflanze, Herztrost. Und eine schwarze Frisbeescheibe. Aber das war eigentlich eine Schallplatte. Und das Armeemesser aus der Schweiz.

Und die fünf Ballons, die hinaussegelten, waren natürlich fünf aufgeblasene Kondome.

Und jemand warf alles mögliche in den Müllschlucker.

Und jemand brachte ein Laken in die Waschküche.

Und jemand stellte ein Paket, das mit gekräuseltem Geschenkband verschnürt war, vor eine Wohnung im dritten Stock.

Das hättest du gesehen und gehört.

Das war alles, was tatsächlich geschah.

Der Rest war nichts als Film.

Doch, übrigens, noch etwas: Punkt eins in dieser Nacht läutete in einer Wohnung im zweiten Stock das Telefon. Und wenn du dich hinaufgeschlichen und dich an die Tür dieser Wohnung gestellt und den Briefkastendeckel vorsichtig angehoben hättest, dann hättest du hören können, wie drin in der Wohnung jemand sagte:

»Ich liebe dich.«

Herbert Günther
Ein Sommer, ein Anfang

Die Grenze, von Gras überwuchert, ist kaum noch zu erkennen. So als ob nichts gewesen wäre. Der Junge auf der anderen Seite ist wortkarg und abweisend. Trotzdem überlegt Nele nicht lange, als sie ihn zur Radtour einlädt. Die Frage ist nur: Werden ihre Freunde ihn akzeptieren? Einen aus der ehemaligen DDR, der so ganz anders ist als sie? Der allem, was aus dem Westen kommt, mit Ablehnung begegnet? Immerhin wollen sie zwei bis drei Wochen unterwegs sein! Zuerst geht alles besser als erwartet. Martin, so heißt Neles neue Bekanntschaft, hat nämlich seine Schwester Petra mitgebracht, und die ist viel aufgeschlossener und unkomplizierter als er. Doch dann passiert die Sache mit Wölfi. Ob er und Nele was miteinander haben? Egal, Martin wird die Gruppe so schnell wie möglich verlassen. Allein. Abends noch mal mit den anderen in die Disco, und dann Schluß, aus, vorbei. Aber Nele geht ihm nicht aus dem Kopf...

Verlag Friedrich Oetinger · Hamburg